Edition Paashaas Verlag

18 Autoren aus dem Edition Paashaas Verlag:

Albrecht, Lars; Graber, Raymonde; Gromberg, Mike; Habets, Renate; Kleffner, Dieter; Klipstein, Undine; Klumpjan, Manuela; Krasicki, Sly; Lahayne, Olaf; Louisoder, Gigi; Mikfeld, Ela; Montemurri, Jacqueline; Plitzko-Sié, Susanne; Scholz, Peter J. ; Stöger, Christina; Völkel, Michael; Watolla, Marcus; Zapp, Werner

Originalausgabe August 2017
Cover-Motiv: Pixabay
Cover designed by Michael Frädrich
© Copyright Edition Paashaas Verlag
www.verlag-epv.de
ISBN: 978-3-96174-010-9

Alle Personen und die Handlung sind frei erfunden.
Sollte jemand der Charaktere Ähnlichkeit mit einer real existierenden
Person haben, ist dies reiner Zufall und nicht beabsichtigt.
Die Orte im Ruhrgebiet gibt es wirklich.
Trauen Sie sich und besuchen Sie das Ruhrgebiet.
Sie werden schnell feststellen,
dass die Menschen dort ganz besonders sind …
Eine Haftung jeglicher Art wird jedoch abgelehnt.

Die Deutsche Nationalbibliothek verzeichnet diese Publikation in der Deutschen Nationalbibliografie; detaillierte bibliografische Daten sind im Internet über http://dnb.d-nb.de abrufbar.

Machenschaften

Ein Ruhrpott-Krimi der EPV-Familie

Vorwort:

Einen EPV-Roman schreiben?
Mit ganz vielen Autoren aus meinem Verlag?
Jeder schreibt ein kleines Kapitel?
Was für eine komische Idee.
Und ne, ist klar, wer diese hatte:
Mike Gromberg natürlich.

Also lest selbst, was daraus geworden ist.
Mike, was hast du da nur angerichtet …?

Bitte immer bedenken: Schuld ist ganz allein Herr Gromberg, ich selbst bin völlig unschuldig, außer vielleicht in dem einen Punkt, dass ich solche Autoren bei mir habe, die auf so verrückte Ideen kommen. Und nun, zeigt her, was eine echte (EPV-) Familie so alles zustande bringt.

Eure Manuela

Kapitel 1 (Mike Gromberg)

„Kollege, verstehen wir uns hier richtig? Sie haben gerade Ihren Sechser im Lebenslotto eingelöst, am besten lassen Sie sich noch jetzt gleich in die dritte Etage fahren und zünden eine Kerze in der Hospitalkapelle an!" Die dunklen Augen des Chirurgen blitzten hinter der Einwegmaske, um den Worten noch mehr Nachdruck zu verleihen. Josef war nicht bei der Sache. Zwar hatte er inzwischen verstanden, dass er einen schweren Unfall auf der Autobahn 42 verursacht hatte, erinnern konnte er sich allerdings überhaupt nicht. Sein Kopf dröhnte unentwegt, ein ständiges Pfeifen nervte seine Ohren, und ständig wurde seine verdammte Bitte nach einem dringenden Toilettengang abgelehnt. „Herr Stenzel, Sie befinden sich auf der Intensivstation, hier können die Leute eh nicht auf die Toilette, wir haben noch nicht mal ein Patientenklo. Wer hier liegt, stellt übrigens auch nicht solche Fragen. Schauen Sie sich doch mal Ihre ganzen Schläuche an, wie soll das denn überhaupt gehen? Also noch einmal: Wollen Sie jetzt die Bettpfanne oder wollen Sie das Ding nicht? Ihre Entscheidung …"
Leicht genervt stellte die ruppige Schwester das formschöne Metallkunstwerk für die Notdurft der Bettpatienten auf den kleinen Seitentisch und stapfte aus dem Zimmer.
Doktor Gardawski besaß dagegen mehr Stehvermögen: Er hatte inzwischen die OP-Maske abgenommen und machte einen vermittelnden Eindruck. „Ihr Gesicht wird in den nächsten Tagen grün, blau und gelb sein, einige Wochen werden Sie unter heftigen Kopfschmerzen leiden, Essen und Trinken machen vorerst keinen Spaß, die Laune geht in den Keller …" Behutsam schob er Josef Stenzel ungefragt die Bettpfanne unter das Gesäß. „Ich habe von dem Fahrer des Kranken-

transportes ein Foto vom Unfallwagen bekommen, das war ja ein Prachtexemplar. Ich fahre das gleiche Modell, doch Sie müssten den größeren Motor unter der Haube gehabt haben. 420 PS? Ja, dachte ich mir doch gleich." Anerkennend nickte er, mit XXL-Autos kannte er sich gut aus. „Und jetzt, wo Sie aus dem CT raus und offensichtlich wieder bei Verstand sind: Können wir die ganze Sache einmal gemeinsam durchgehen? Sie heben die Hand, wenn der Kopf zu sehr schmerzt und Sie sich nicht konzentrieren können, einverstanden? Gut, dann wollen wir mal." Doktor Gardawski nahm auf einem Drehstuhl neben dem Klinikbett Platz und nippte an seinem Coffee To Go-Becher. „Weshalb Sie auf der kerzengeraden Autobahn in Höhe Gelsenkirchen-Bismarck mit gut 150 Sachen in einen Stau rasen mussten, das geht mich nichts an, hierzu werden Sie bestimmt demnächst von der Staatsanwaltschaft befragt. Wir beschäftigen uns hier im Krankenhaus nur mit Ihrer Gesundheit, und da habe ich gute Nachrichten für Sie. Wie auch immer Sie das geschafft haben: An dem Schädelbasisbruch werden Sie nicht sterben, der ist in acht Wochen soweit behoben. Und damit auch das Dröhnen in Ihrem Kopf, das Sie bestimmt die ganze Zeit belästigt."
Josef wollte nicken, ein stechender Schmerz hielt ihn allerdings jäh davon ab.
Doktor Gardawski erkannte die Situation: „In der Tat werden Sie genau das in den nächsten Monaten immer wieder erleben. Die schwere Gehirnerschütterung wird Ihnen noch einige Zeit ganz viel Freude bereiten. Davon werden Sie allerdings auch nicht sterben, genauso wenig von den Verletzungen im Ohr und am Kiefer. Es wurden ganz einfach keine lebenswichtigen Stellen an und in Ihrem Kopf getroffen, Sie werden in einigen Monaten wieder ganz der Alte sein. Allerdings ohne das Auto, das ist bereits auf dem Weg zum Schrottplatz."

Doktor Gardawski hielt ihm das Foto vom Unfallwagen entgegen, und Josef stockte der Atem. Die Überreste hätten in einen Reisekoffer gepasst. Wie konnte er da nur herausgekommen sein? Die Kopfschmerzen ließen den Gedanken nicht weiter zu.

„Hier sind übrigens noch ein Dutzend Leute in der Notaufnahme, die Ihretwegen hier die nächsten Tage verbringen. Deren Autos sehen zum Teil nicht besser aus. Ach ja, und die A42 ist zwischen Gelsenkirchen-Bismarck und Herne-Wanne komplett gesperrt, weil Sie beim Überschlag einen Tankwagen mit gefährlichem Transportgut gerammt haben. Irgendeine Spezialeinheit räumt und putzt da gerade alles weg. Herr Stenzel, sind Sie noch bei mir?"

Josef schaltete einfach ab. Er war so erschöpft, dass ihm gerade alles furchtbar egal wurde, er wollte einfach nur ruhen.

„Na, Herr Doktor, haben Sie es mal wieder geschafft?" Die strenge Stimme der Schwester schnitt sich durch die angenehme Ruhe. „Den Trick müssen Sie mir eines Tages verraten, bevor ich in Rente gehe, Sie Fuchs! Selbst der hier hat brav sein Geschäft gemacht, geht doch!"

Josef spürte, wie die Bettpfanne unter ihm weggezogen wurde. Verdammt!

Tageslicht flutete bereits das Patientenzimmer, als Josef wieder aufwachte. Erst kam der stechende Schmerz zurück, dann das Pfeifen in seinen Ohren, das nur noch von dem ständigen Gepiepse der Maschinen übertönt wurde, die seine Körperfunktionen überwachten.

„Mensch Jupp, was machst du denn für Sachen?"

Zwischen seinen Kopf und den Ausblick auf den Stadtgarten schob sich gerade seine Frau Elli mit ihrem unnachahmlichen Bewegungsstil, den er immer schon so sehr an ihr geliebt hatte. Diese Mischung aus Ex-Model und Watschelente war immer wieder umwerfend, was wohl auch Doktor Gardawski so sah. Mit einem eleganten und unerklärlich unverbindlich-lasziven Griff an Ellis Hüften schob er sich lächelnd an ihr vorbei, um die aktuellen EKG-Werte zu studieren.

Schuft! Das Dröhnen in Josefs Kopf nahm unerträglich zu, und es wurde ihm schnell bewusst, dass er in der nächsten Zeit ein Abhängiger sein würde. Abhängig von diversen Doktoren, von Elli, seinen Verkäufern im Geschäft, die ohne ihn den Laden schmeißen mussten und das mit Sicherheit nicht vernünftig machen würden. Von seinem Anwalt, der ihn aus der ganzen Misere herausboxen musste, von einem Richter, der ihn möglichst gnädig abkanzeln möge. Genau, warum und wofür eigentlich? Josef fehlte weiterhin die Erinnerung an den gestrigen Unfall: Er hatte keine Ahnung, was passiert war, er wusste einfach nicht mehr, weshalb er in vollem Tempo einen handfesten Stau übersehen haben sollte. Sekundenschlaf? Heimlich auf das Smartphone geschaut? An der Navigation herumgefummelt? Keine Ahnung.

„Jupp, jetzt sag doch was! Ich habe Angst. Was war denn los, was machen die denn hier mit dir? Schau doch nur, die ganzen Kabel und Maschinen, wollen die dich umbringen?"

Josef musste unwillkürlich lächeln. Elli war eine so ehrliche Haut und ein liebenswerter Mensch, wahrscheinlich würde sie sich gleich neben ihn legen wollen.

„Ich darf Sie beruhigen, Frau Stenzel, Ihr Mann ist erst einmal über den Berg, wir bringen ihn in einer halben Stunde wieder hoch auf die Normalstation. Dann gehen wir beide in Ruhe einen Kaffee trinken und ich erkläre Ihnen ausführlich, was los ist und was in den nächsten Tagen zu tun ist. Was meinen Sie? Da kommt auch auf Sie leider etwas Arbeit zu."

Schuft! Das Dröhnen in Josefs Kopf nahm erneut unerträglich zu und Schuld war dieser Doktor Gardawski. Ja, es gab oft Streit mit Elli wegen seiner ständigen Eifersucht, aber das hier ging nun wirklich zu weit.

„So, Herr Stenzel, Sie sind heute mein letzter Akt, dann ist meine Nachtschicht vorüber."

Ausgerechnet die ruppige Schwester kehrte zurück in Josefs Leben und zerrte bereits an der Bremse seines mobilen Bettes, während Doktor Gardawski seine Frau Elli gerade keck fragte, ob sie ihren Kaffee mit Milch und Zucker trinken würde. Schuft!

Josef Stenzel war sein Leben lang schon ein übler Beifahrer gewesen. Ständig schaute er in die Außenspiegel, hielt sich verkrampft an den lächerlichen Handgriffen am oberen Ende von Autotüren fest, und wenn es ihm irgendwann zu viel wurde, dann schrie er auch gerne den Fahrer oder die Fahrerin an. Elli kannte das bereits zu gut. Sie war keine gute Fahrerin, und inzwischen wollte sie auch keine mehr werden. Für die wenigen Fahrten durch ihre Heimatstadt Recklinghausen reichte es allemal, und der kleine Lifestylewagen fuhr ja beinahe von selbst, da hatte der liebe Jupp ihr ein wirklich schönes Weihnachtsgeschenk gemacht. Autobahnfahrten mochte sie nicht, aber der Weg vom Evangelischen Krankenhaus Gelsenkirchen nach Recklinghausen war nun einmal so am einfachsten zu bewältigen. Außerdem verstand sie ihren Jupp allzu gut, dass er sich seine Unfallstelle noch einmal kurz ansehen wollte, die er vor einer Woche herbeigezaubert hatte.

Josef war viel zu sehr mit seinem Kopf und der Übelkeit beschäftigt, um sich diesmal am durchaus eigenartigen Fahrstil seiner Frau zu stören. Jede Bewegung tat ihm weh, und so unterließ er es auch, sich an irgendwelchen Griffen festzuhalten. Wie ein Haufen Elend versank er im Autositz und ließ die Fahrt einfach über sich ergehen, wobei er sogar den geplanten Blick auf die Unfallstelle versäumte. Dort wurde immer noch an den Schäden gearbeitet, gerade ließ die Autobahnmeisterei zwei umgeknickte Bäume in Scheiben zersägen.

„Jupp, das ist nicht gut, wie du da so im Sitz hängst, schnall dich bloß wieder an, hörst du? Stell dir vor, ich mache jetzt einen Auffahrunfall oder so …"

Josef zuckte innerlich zusammen. Hatte Elli noch nie etwas von der selbstbestätigenden Prophezeiung gehört? Tja, wenn man den Teufel ruft … Brav schnallte er sich wieder an und versuchte mit nun geschlossenen Augen zu demonstrieren, dass er derzeit nicht gewillt war, eine Unterhaltung zu führen. Dabei vergaß er völlig, dass er im Krankenhaus eine billige Plastiksonnenbrille aufgesetzt bekommen hatte, die ihm das schmerzende Tageslicht während der Fahrt vom Leib halten sollte. Und so sah Elli weder die geschlossenen Augen von Josef noch die damit gehegte Absicht. Geschlagene 30 Minuten redete sie bei Tempo 60 auf der Autobahn auf Josef ein. Immer wieder hörte er „Jupp, sag doch mal …" und wartete sehnsüchtig schweigend auf sein großes Schlafzimmer im trauten Heim, das ihn in Kürze empfangen würde.

Rechtsanwalt Dr. Schmitt-Vossen war es nicht gewohnt, dass man ihn vor der Tür warten ließ. Frau Stenzel hatte ihm unmissverständlich gesagt, dass sie bis 11:00 Uhr mit ihrem Mann aus der Klinik zurück sein würde, inzwischen war es 12:45 Uhr. Wie oft hatte er sich bereits über diese Frau aufgeregt? Ständig vergaß sie ihren Mann zu informieren, dass er um einen Rückruf gebeten hatte, wichtige Geschäftsbriefe legte sie achtlos auf den Altpapierhaufen in der Küche,

Termine versäumte sie eigentlich durchweg, und die akademische Viertelstunde hatte sie bereits vor Jahren zur akademischen Stunde geändert. Un-er-träg-lich. Wie dem auch sei, Herr Stenzel liebte seine Frau seit über zwanzig Jahren abgöttisch, und letztendlich musste er ja mit ihr auskommen. Bei seinem Geschäftssinn wäre er mit einer anderen Frau wahrscheinlich bereits Präsident der Vereinigten Staaten von Amerika geworden, mit Elli Stenzel an seiner Seite würde er jedoch in Ewigkeit ein Lokalmatador des Ruhrgebietes bleiben. Was für eine Verschwendung! Na endlich, da kamen die beiden ja! Josef Stenzel sah nahezu grotesk aus, wie er als großgewachsener Mann mit blaugelbgrün geschwollenem Gesicht, ungewaschenen Haaren und einer schaurigen Sonnenbrille in diesem kleinen Stadtflitzer zusammengekauert hing. Vorsichtig öffnete Dr. Schmitt-Vossen die Beifahrertür, überhörte routiniert die konstante Rede von Frau Stenzel und streckte seinem größten Kunden wortlos einen muskulösen Arm entgegen. Josef Stenzel brauchte nichts zu sagen, die beiden arbeiteten bereits seit fünfzehn Jahren eng zusammen und verstanden sich blind. Er griff langsam nach dem Arm und zog sich stöhnend aus dem Auto.

„Willkommen daheim, Herr Stenzel, ich habe gute und schlechte Nachrichten für Sie."

Wortlos gingen die beiden Männer durch das Vorgartentürchen und schlenderten vorsichtig zum Haupthaus der Villa Stenzel.

Kapitel 2 (Werner Zapp)

Jupp fühlte sich an die erste Begegnung mit Dr. Schmitt-Vossen vor fünfzehn Jahren erinnert. Damals war er noch brav in den ebenso ländlichen wie wohlhabenden Düsseldorfer Norden zur Kanzlei des Anwalts gefahren. Was wäre ihm damals auch anderes übriggeblieben? Ein großer Abschluss hatte am seidenen Faden gehangen, ein Faden allerdings, der sich noch zu einem Strick hätte entwickeln können. Dieser Strick hätte sich unweigerlich um Jupps Hals winden können, wenn er nicht die allerbeste juristische Beratung aufgetrieben hätte. Der Justiziar seines Verbandes hatte ihm Schmitt-Vossen empfohlen: „Das ist der Top-Spezialist für den richtigen Umgang mit Behörden. Besonders, wenn alles auf dem Spiel steht, läuft dieser Mann zu Hochform auf."
Die Akten hatte der Justiziar nach Jupps Einwilligung sofort an den Behördenprofi weitergeleitet.
Jupp war damals etwas weich in den Knien gewesen, als er die in einer beeindruckenden Villa gelegene Kanzlei betreten hatte. Bei Schmitt-Vossens Ruf hätte er jetzt allerdings erwartet, etliches Büropersonal und einige Anwälte anzutreffen. Stattdessen hatte ihn eine zwar überaus ansehnliche, aber einsame Sekretärin zum Büro ihres Chefs geleitet. Nochmals war Jupps Erwartung enttäuscht worden: Er hatte sich einen seriösen, älteren Herrn am Schreibtisch vorgestellt. Vor ihm hatte jedoch ein lässiger, junger Hüne in Jupps Alter gestanden. Schon damals hatte der erste Satz gelautet: „Guten Tag, Herr Stenzel. Ich hoffe, Sie haben den Weg hierhin gut gefunden? Ich habe eine gute und eine schlechte Nachricht für Sie."

Josef Stenzel hatte keinen Bedarf an schlechten Nachrichten gehabt. Dennoch hatte er den Anwalt darum gebeten, nicht mit seiner Expertise hinter dem Berg zu halten und die Probleme klar auf den Tisch zu legen.

Fünf Minuten später hatten beide, mit einem erstklassigen Espresso bewaffnet, vor dem wandhohen Fenster zum parkähnlichen Garten der Villa gestanden. Bis zu diesem Zeitpunkt hatten sie noch nicht über die anstehenden Probleme gesprochen. Ungeduldig hatte Jupp von einem Fuß auf den anderen gewechselt. Warten war bereits damals seine Sache nicht. Er war und blieb ein Macher.

Schmitt-Vossen schien jedoch alle Zeit der Welt zu haben: „Vor fünf Jahren war ich Deutscher Meister im Amateurboxen, Schwergewicht. Das war eine schöne Zeit, damals. Wissen Sie, was mein spezielles Kampfrezept war?" Offensichtlich erwartete der Anwalt keine Antwort, denn er sprach sofort weiter: „Aus einer starken Deckung heraus habe ich meine Gegner mit einer einzigen Serie zu Boden geschlagen. Immer in der dritten Runde, immer wenn alle schon glaubten, der Kampf sei für mich nicht mehr zu gewinnen."

Mein Gott, das hatte Jupp noch gefehlt! Bestimmt würde gleich die Schilderung des letzten, großen Kampfes folgen. Daran hatte er nicht das mindeste Interesse gehabt.

„Sie deuteten an, eine gute und eine schlechte Nachricht für mich zu haben, Herr Dr. Schmitt-Vossen. Es wäre mir lieb, wenn Sie mir jetzt einen Weg zeigen, wie wir meine Probleme lösen können."

„Keine Sorge, wir sind schon dabei, Herr Stenzel. Wir wissen doch beide, dass sowohl das Bauordnungsamt, als auch das Ordnungsamt völlig im Recht sind. Sie können an dem Standort in der Duisburger Innenstadt kein Bordell in dieser Größenordnung errichten. Punkt! Das ist Ihnen doch klar, oder? Wie ich aus Ihren Unterlagen sehe,

haben Sie jedoch bereits mit dem Bau begonnen und nicht nur Ihre flüssigen Mittel, sondern auch Bankkredite in der Höhe von einigen Millionen in dieses Projekt gesteckt. Herr Stenzel, wenn ich nochmals auf das Boxen zurückkommen darf: Sie haben wild und ohne Deckung angegriffen. Kurz: Wenn dieses Projekt scheitert, sind Sie erledigt. Ich kann die Angelegenheit juristisch in die Länge ziehen, ich kann verzögern und alle möglichen Einwände machen. Es wird nichts helfen. Das Projekt ist tot, Ihre Firma auch. Sind wir uns da einig?"
Wenn in Jupps winziger Tasse noch ein Rest Espresso gewesen wäre, hätte er ihn in diesem Moment verschüttet. „So schlimm?" Jupp hatte das Gefühl gehabt, er habe diese Frage eher gekrächzt als gesprochen.
„Ja, sehen Sie den Tatsachen ins Auge."
„Ich nehme an, das war die schlechte Nachricht. Was ist die gute?"
„In speziellen Fällen arbeite ich mit einer kleinen, aber sehr erfolgreichen Firma zusammen. Diese Firma hat sich auf die Verhandlungsführung in komplizierten Rechtsfragen spezialisiert, unter meiner juristischen Beratung, versteht sich. Das sind sehr eloquente Leute, wahre Verhandlungskanonen, immer die richtigen Argumente bei der Hand, zudem Experten in Finanztransaktionen."
„Und Sie meinen, die könnten …?"
Schmitt-Vossen hatte ihn sehr eindringlich angesehen. „Die können, aber das wird teuer."
„Herr Dr. Schmitt-Vossen, ich habe fast mein gesamtes Geld in das Projekt `Duisburg´ gesteckt, das wissen Sie. Aber natürlich habe ich noch genügend, um den einen oder anderen Anwalt zu bezahlen. Sonst wäre ich jetzt nicht hier. Also, was wird mich das kosten?"
Der Anwalt hatte verträumt in seinen Garten geblickt. „Einhunderttausend Euro, plus Spesen."

Jupp war fast die Luft weggeblieben. „Einhunderttausend, das ist eine Menge. Aber machbar.“
„Plus Spesen, Herr Stenzel. Die Spesen sind der entscheidende Punkt. Ich habe mich da schon kundig gemacht. Wir sprechen von Spesen in Höhe von Zweihunderttausend Euro.“
Jupp war zu einem Sessel gewankt und hatte sich kraftlos fallen gelassen. Das war, zusammengenommen und auf den Punkt genau die Summe gewesen, die er noch in Luxemburg zwischengelagert hatte.
„Herr Dr. Schmitt-Vossen, hätten Sie eventuell noch einen Espresso für mich? Und wenn es geht, hätte ich jetzt gerne noch einen Grappa dazu.“

Jetzt, auf seinem Weg durch den Vorgarten, am Arm des Anwalts humpelnd und stöhnend, hoffte Jupp auf ein weiteres Wunder. Damals hatte es keine zwei Wochen gedauert, bis der Bauantrag genehmigt auf seinem Schreibtisch lag. Im Jahr darauf hatte er den Puff verkauft und einen satten Gewinn eingesteckt. Heute baute Josef Stenzel Einkaufzentren in besten Innenstadtlagen. Alles seriös, alles bestens abgesichert und finanziert.
In Jupps Arbeitszimmer setzten sich die Herren an den Konferenztisch und sahen einander stumm an. Elli brachte, ständig redend und lamentierend wie immer, Kaffee und verabschiedete sich dann in ihr eigenes Arbeitszimmer, das allerdings eher wie die Zentrale einer Computerfirma wirkte. Überall standen Monitore und Tastaturen. Der Papierkorb lief fast über, die Aschenbecher auch. Jupp hatte nicht die geringste Ahnung, was sie da trieb. Es interessierte ihn auch nicht. Im Stillen vermutete er, sie würde den ganzen Tag am Computer Onlinespiele absolvieren. Egal, dachte er. Solange es ihr Vergnügen machte, konnte sie treiben, was immer sie wollte.

Nachdem Elli die Tür geschlossen hatte, nippte Jupp an seinem Kaffee. Gerne hätte er diesen Moment noch etwas herausgezögert, sich eine Frist verschafft. Es war nicht schön, wenn man zu den Schmerzen noch Ärger in geballter Form ertragen musste. Doch eine Tischbreite von ihm entfernt saß der einzige Mensch, der ihm jetzt noch aus dieser Misere helfen konnte.

„Na gut, Schmitt-Vossen, die schlechte Nachricht zuerst."

Der Anwalt öffnete seinen Aktenkoffer und legte einen dicken Packen Papier vor sich auf den Tisch.

„Das sind alles Schadensmeldungen, die Ihren Unfall betreffen. Jeden Tag kommen neue und es wird so schnell nicht enden. Allein die Autobahnmeisterei macht einen Schaden geltend, der Ihnen für den Rest des Tages die Haare zu Berge stehen lassen würde. Drei Menschen liegen immer noch im Krankenhaus. Fünf Menschen sind in Rehabilitationsmaßnahmen, die Staatsanwaltschaft wird Sie durch die Mangel drehen und der Richter, jeder Richter dieser Welt, wird Sie verurteilen. Es kann kein Zweifel daran bestehen, dass Sie den Unfall verursacht haben."

„Was bedeutet das für mich?"

„Der Führerschein ist weg, Sie werden ins Gefängnis gehen, wenn Sie Pech haben. Ist Ihnen das klar?"

Aus dem Nebenzimmer hörte Jupp undeutlich Ellis Stimme. Sie telefonierte mal wieder endlos und heftig. Was, um alles in der Welt, hatte die nur immer zu besprechen, und mit wem? So langsam wurde er neugierig. Wenn Jupp Elli nicht immer noch so brennend lieben würde, könnte er sich Übles dabei denken. Manchmal juckte es ihn in den Fingern, einfach in ihr Arbeitszimmer zu gehen und alle Telefone auf den Boden zu werfen. Was würde sie nur für Augen machen, wenn sie einen Tag ohne Telefone und ihre verdammten Computer auskommen müsste? Ungern konzentrierte sich Jupp wieder auf das wichtige Gespräch mit Schmitt-Vossen.

„Wenn es recht ist, würde ich jetzt gern die gute Nachricht hören.“

„Wie Sie mir sagten, können Sie sich an den Unfallhergang nicht mehr erinnern. Ist das noch so?“

„Ja. Retrograde Amnesie, sagt der Arzt. Das kann sich noch ändern, oder auch nicht.“

„Ich verstehe. Wo waren Sie denn vor Antritt der Fahrt?“

„Das würde ich gerne unter den Punkt ‚Retrograde Amnesie‘ packen. Außerdem, was spielt das für eine Rolle?“

Schmitt-Vossen lehnte sich entspannt zurück.

„Auf diesen Punkt kommen wir gleich noch zurück. Das könnte noch wichtig werden. Zunächst aber möchte ich zur Sicherheit die Herausgabe Ihres Autowracks beantragen. Schauen Sie, Herr Stenzel, in den Luxusautos dieser Klasse ist jede Menge Elektronik verbaut. Ohne diese wunderbaren kleinen Computerchen in Ihrem Wagen können Sie nicht mehr richtig lenken, nicht mehr wirkungsvoll und mit der gebotenen Reaktion bremsen, nicht mehr die Spur halten. Ohne Elektronik ist so ein Auto bereits vor jedem Unfall ein Haufen Schrott. Ich habe da eine kleine, aber feine Firma an der Hand. Alles erstklassige Ingenieure, die sich beim TÜV und bei der DEKRA zu Tode gelangweilt haben. Diese Firma hat es sich zur Aufgabe gemacht, die Fehler in der Elektronik von Unfallwagen aufzuspüren. Die finden alle Fehler, auch die, die es bisher noch nicht gab. Sind Sie nicht auch der Meinung, dass es Ihr gutes Recht ist, unter allen Umständen eine Verurteilung wegen eines Elektronikfehlers, für den Sie ja schließlich nicht verantwortlich sind, zu verhindern?“

„Unbedingt!“

„Schön, dass wir uns da einig sind. Das wird eine Stange Geld kosten. Das ist Ihnen doch klar, oder?"

„Mein lieber Schmitt-Vossen, Geld spielt da wohl keine Rolle. Wird das funktionieren? Wo liegen die Risiken?"

„Das hat natürlich Risiken: Porsche wird sich wehren, wenn wir einen Fehler in Ihrer Elektronik nachweisen. Ich bin da allerdings ganz zuversichtlich. Diese Ingenieure sind wirklich sehr gut und ihre Gutachten sind kaum anzufechten. Wir sollten allerdings noch ein anderes Problem beleuchten. Lassen Sie mich etwas ausholen. Sie sind, oder waren jedenfalls vor Ihrem Unfall doch ein gesunder Mann und mit zweiundfünfzig Jahren in der Blüte Ihrer Jahre. Wie kann es da sein, dass Sie, als ein sehr erfahrener Autofahrer, in ein Stauende rasen und einen derartigen Schaden verursachen? Ist es nicht möglich, dass Ihnen vor der Fahrt, ohne Ihr Wissen natürlich, irgendeine Droge verabreicht wurde, die Ihre Reaktion verlangsamt hat? In der Blutprobe, die Ihnen selbstverständlich entnommen wurde, ist zwar nichts gefunden worden, aber was heißt das schon? Es gibt Drogen, die schon nach kurzer Zeit nicht, oder eben kaum noch, festzustellen sind. Höchstens dann, wenn man gezielt nach Ihnen sucht. Ich arbeite mit einem ausgezeichneten Labor in Spanien zusammen, das jede Droge in einer Blutprobe finden kann. Auch noch nach Wochen, auch wenn es im Prinzip nicht mehr möglich sein sollte. Die finden alles, was sie finden sollen."

Jupp erlaubte es sich, ein wenig aufzuatmen. Er hatte es ja gewusst. Wenn jemand seine Probleme lösen konnte, dann sein alter Freund Dr. Schmitt-Vossen.

„Meinen Sie, es ist jetzt Zeit für einen Grappa, mein lieber Herr Doktor?"

„Auf jeden Fall, mein lieber Herr Stenzel. Aber wir haben heute noch einen Haufen Arbeit zu erledigen."

„Ich dachte, wir hätten alle Probleme ein Stück weit gelöst?"

„Na ja, Herr Stenzel, das kann man so nicht sagen. Das war gerade ja nur die Demoversion. Wir müssen uns noch über Geld unterhalten. Über viel Geld. Diese Leute sind alle nicht billig."

„Ich sagte doch schon, Geld spielt hier keine Rolle. Machen Sie das so, wie wir es gerade besprochen haben. Ich will nicht ins Gefängnis."

„Gut, dann ist der Punkt erledigt. Der nächste Punkt ist Ihre liebe Frau."

„Elli? Was soll mit der sein?"

„Die muss ab sofort alle Verträge gemeinsam mit Ihnen unterschreiben, wussten Sie das nicht?"

„Entschuldigung, Herr Doktor Schmitt Vossen, aber das ist Unsinn. Das Geschäft gehört mir, das Haus gehört mir, die Konten gehören mir. Außerdem sind wir ein Herz und eine Seele, ich würde keinen Atemzug ohne meine Elli machen. Was soll das?"

In diesem Augenblick öffnete sich die Tür und Elli betrat Jupps geheiligtes Arbeitszimmer. Es roch stark nach süßlichem Obst. Nie hatte Jupp Elli Früchtetee trinken sehen. Das passte auch nicht zu ihr. Genauso gut hätte sie einen Turban tragen können.

„Ich denke", sagte Elli, „wir haben da etwas Gesprächsbedarf, mein Schatz."

Kapitel 3 (Gigi Louisoder)

Jupp traute seinen Ohren nicht. Elli, seine kleine Elli, stand angelehnt im Türrahmen, ihre Füße übereinander gekreuzt und wiederholte emotionslos: „Jupp, wir haben Gesprächsbedarf." Ob es an ihrer Tonlage lag, an der stickigen Luft in seinem Arbeitszimmer oder an der Gehirnerschütterung konnte er nicht sagen, aber für einen kurzen Augenblick verlor Jupp das Bewusstsein. Als er wieder zu sich kam, lag er auf dem unbequemen Ledersofa, das er damals nur gekauft hatte, weil es so unglaublich groß und teuer war.

„Wo bin ich?", stöhnte er leise.

„Zu Hause natürlich. Wo sonst. Geht es dir wieder besser?"

Elli stand am Fußende des Sofas und blickte ihn aus kalten Augen an. Ihre Tasse mit Früchtetee hat sie gegen eine Zigarette getauscht.

„Was ist passiert? Und wo ist Schmitt-Vossen?"

Jupp versuchte, gegen die stechenden Schmerzen in seinem Kopf anzukämpfen.

„Er ist bereits gegangen. Konnte nicht länger warten. Lässt dich aber grüßen und wünscht dir weiterhin gute Besserung", erwiderte seine Frau. Sie stand jetzt vor dem großen Panoramafenster und blickte in den Garten. Eine ganze Zeit lang sprachen beide kein Wort. Plötzlich zerriss das Klingeln an der Haustür die Stille. Beide schauten sich fragend an.

„Erwarten wir Besuch?", flüsterte Jupp.

Elli schüttelte nur den Kopf und rührte sich nicht von der Stelle. „Sollen sie denken, wir sind nicht zu Hause", gab sie kühl zur Antwort. Ruckartig wendete sie sich vom Fenster ab und setzte sich Jupp gegenüber auf einen Sessel. Irgendetwas stimmte nicht mit ihr, das spürte Jupp trotz der grässlichen Kopfschmerzen. Aber was? Seit zwanzig Jahren lebte sie unaufgeregt, laut plappernd und ständig bemüht, ihm alles recht zu machen, an seiner Seite. Unauffällig, treu und nicht besonders intelligent, so würde er sie beschreiben. Ein mütterlicher Typ. Aber immer noch sexy. Mit einer Vorliebe für Groschenromane. Ja, so war seine Elli. Normalerweise. Aber heute, heute saß ihm eine andere Elli gegenüber. Ob es an seiner eingeschränkten Wahrnehmung lag? Am Schock? Oder an der Angst vor den rechtlichen und finanziellen Konsequenzen seines Autounfalls? Er wusste es nicht. Und sein Bauchgefühl sagte ihm, dass er es auch gar nicht wissen wollte. Alles fühlte sich wie ein Alptraum an. Ein Alptraum, aus dem es kein Erwachen für ihn geben würde.

Als ob Elli seine Gedanken lesen könnte, hörte er sie sagen: „Nichts ist je aufgelöst. Nichts ist je vorbei, lieber Jupp. Es wird Zeit, dass du endlich die Wahrheit erfährst."

„Welche Wahrheit?" Jupp blickte sie unverständlich an. „Wovon redest du? Merkst du nicht, wie schlecht es mir geht? Ich bin wirklich nicht in der Lage, mir deine Problemchen anzuhören." Damit ließ er sich wieder erschöpft nach hinten auf das Sofa fallen.

„Problemchen sagst du? Dein ganzes Leben hast du auf der Überholspur gelebt. Rücksichtslos und zu allem bereit. So kann es nicht mehr weitergehen. Schmitt-Vossen hat recht. Du musst endlich akzeptieren, dass es mich auch noch gibt!"

„Elli, ich bitte dich, hör damit auf! Was soll das auf einmal nach über zwanzig Jahren? Glaubst du, dass du jetzt das Ruder in die Hand nehmen kannst, nur, weil ich einen schweren Autounfall hatte? Das ist doch lachhaft. Wer glaubst du, wer du bist? In ein paar Tagen bin ich wieder auf den Beinen, dann reden wir weiter. Jetzt bitte nicht. Geh in dein Zimmer, telefoniere mit deinen Freundinnen oder spiel mit deinem Computer. Aber lass mich bitte in Ruhe! Oder zähl deine Schuhe im Schrank!"

Stöhnend drehte sich Jupp auf die Seite. Demonstrativ wendete er Elli seinen Rücken zu. Er meinte, alles gesagt zu haben. Wollte nichts mehr sehen und hören. Aber so leicht ließ sich Elli nicht von ihrem Mann einschüchtern. Ganz im Gegenteil.

„Die permanente Wahrheit, mein lieber Jupp, ist nicht nur unmöglich, sie ist sogar unmenschlich und unerträglich. Aber in Anbetracht deiner Situation denke ich, ist es noch nicht an der Zeit, dir reinen Wein einzuschenken."

Elli blickte ihn mit starrem Gesichtsausdruck an.

Langsam drehte sich Jupp wieder zu ihr um.

„Was meinst du? Was soll das heißen?" Er wirkte irritiert und erschöpft.

„Ach Jupp, Juppilein, hast du wirklich nie etwas bemerkt? Sind dir denn nie Zweifel gekommen?"

Die Schmerzen in seinem Kopf vernebelten seine Sinne. Er schaute seine Frau nur verständnislos an. Er konnte keine weiteren Katastrophen mehr ertragen. Jetzt, wo er endlich ein seriöser Geschäftsmann geworden war, wirbelte dieser Unfall sein gesamtes Leben durcheinander. Selbst seine Elli hatte diese Massenkarambolage aus der Spur gebracht. Er durfte jetzt nur nicht die Kontrolle verlieren und vor allen Dingen nicht schwach werden. Schon gar nicht gegenüber Schmitt-Vossen. Warum nur wollte der, dass Elli ab sofort zeichnungsberechtigt war? Sie kannte nicht einmal den Unterschied zwischen Addition und Subtraktion, überlegte er angespannt.

„Elli, mein Schatz, wir müssen jetzt zusammenhalten. Unsere Nerven schonen. Du machst dir zu viele Sorgen wegen des Unfalls. Schmitt-Vossen meint, dass er die Situation im Griff hat. Ich komme schon nicht ins Gefängnis. Keine Sorge. Wir schaffen das. Die Wahrheit, Schmitt-Vossens und meine Wahrheit, wird natürlich wieder viel Geld kosten. Aber wir packen das! So wie immer."

Schweißperlen bildeten sich auf seiner Stirn. Seine Atmung wurde schwächer. Das Gespräch kostete ihn Kraft. Zu viel Kraft. Emotionslos beobachtete Elli ihn von ihrem Sessel aus.

Sie wechselte geschickt das Gespräch. Sie erkannte, dass sie ihn überforderte.

„Ich hatte vorhin eine Unterhaltung mit Doktor Gardawski. Übrigens ein reizender und verständnisvoller Mann. Er möchte, dass du noch ein paar Papiere unterschreibst. Zu seiner und deiner Sicherheit, weil du die Klinik auf deinen Wunsch etwas vorzeitig verlassen hast".

Elli beugte sich nach vorne und griff nach einer hellbraunen Ledermappe auf dem Couchtisch. Jupp hatte sie bis dahin nicht bemerkt.

„Nur eine Unterschrift. Mehr nicht. Dr. Gardawski bekommt sonst Ärger mit der Klinikleitung. Und das wollen wir doch nicht. Nachdem er dich wieder so schön zusammengeflickt hat."

Mit diesen Worten stand sie auf und hielt ihm die Mappe und einen Kugelschreiber direkt vor sein Gesicht.

„Muss das jetzt wirklich sein?" Jupp schloss gequält die Augen. Sie nickte ihm aufmunternd zu. Schließlich griff Jupp nach dem Kugelschreiber und unterschrieb kommentarlos.

„Gut gemacht, mein Lieber! Und es hat gar nicht wehgetan. Jetzt solltest du dich aber ein bisschen ausruhen. Möchtest du lieber noch eine Schmerztablette oder ein Glas Whisky?", fragte sie ihn im Weggehen.

„Beides. Und ruf Schmitt-Vossen an. Er soll noch einmal vorbeikommen. Mir ist da etwas einfallen, das vielleicht wichtig sein könnte."

Die starken Schmerztabletten und der Alkohol hatten eine betäuben-
de Wirkung auf Jupp. Er wusste nicht, wie lange er auf dem Sofa ge-
schlafen hatte und wie spät es war. Er war alleine in seinem Arbeitszimmer. Alleine mit seinen Schmerzen und den quälenden Gedanken.
Langsam kamen die Erinnerung und die grausigen Bilder der letzten
Tage zurück. Das Geräusch, als er in das Stauende hineinfuhr. Das
Schreien unzähliger Menschen, die Sirenen, die vielen Trümmer auf
der Autobahn, der Geruch von ausgelaufenem Benzin, Öl und heißem
Gummi. Die Apparate in der Intensivstation. Das Bremsen. Natürlich
die Bremsen. Jupp erinnert sich mit einem Mal ganz deutlich, dass er
das Bremspedal durchgedrückt hatte. Aber nichts war geschehen. Die
Bremsen hatten nicht reagiert. Sie hatten versagt. Das war es. Normalerweise hätten seine Ceramic Composite Brakes Schlimmeres
verhindert. Sabotage, schoss es ihm durch den Kopf. Jemand wollte
ihn umbringen! Seit der Sache mit dem illegalen Bau eines Bordells in
der Duisburger Innenstadt hatte er mehr Feinde als Haare auf dem
Kopf. Josef Stenzel war nicht beliebt. Bei niemandem. Er galt in der
Szene als rücksichtslos, korrupt und arrogant. Aber Mord?
Wollte man ihn wirklich umbringen? Und wer?
Und dann Elli. Wie passte ihr merkwürdiges Verhalten in diese Geschichte? Die Bremsen waren manipuliert worden. Nur so konnte es
gewesen sein. Das würde aber auch bedeuten, dass Schmitt-Vossen
keinen Gutachter und keine Mechaniker auf seine Kosten bestechen
musste. Die Polizei würde den Beweis im Autowrack selbst finden.
Ganz legal. Und damit auch seine Unschuld beweisen. Ich bin ein
Opfer, wie alle anderen auch, schoss es ihm durch den Kopf. Fast
erleichtert über diese Erkenntnis schloss er kurz die Augen und atmete tief durch. Ein erneuter Schmerzanfall riss ihn aus der Entspan-
nung.

„Elli, Elli, mein Schatz, komm doch bitte mal! Ich brauche deine Hilfe", rief er in Richtung Tür. Dabei bemerkte er die hellbraune Mappe auf dem Couchtisch. Er erinnerte sich, dass er etwas unterschrieben hat. Aber was? Er angelte mit der linken Hand nach der Mappe. Er bräuchte jetzt seine Lesebrille, die auf dem Schreibtisch lag. Trotzdem versuchte er, den Text zu entziffern. Plötzlich stand Elli im seinem Zimmer.

„Mein Lieber, du sollst doch noch nicht lesen, hat der Arzt gesagt." Und schon entriss sie ihm die Mappe. „Das ist Gift für deine Gesundheit. Und ohne deine Lesebrille kannst du doch sowieso nichts erkennen. Das hat wirklich Zeit, bis du wieder völlig gesund bist." Sie machte kehrt und verließ mit der Mappe in der Hand wieder das Arbeitszimmer.

„Elli", rief Jupp ihr hinterher, „warum braucht Dr. Gardawski eine Generalvollmacht?"

„Das kommt davon, wenn man in deinem Zustand versucht zu lesen. Niemand braucht eine Generalvollmacht." Elli stand lässig im Türrahmen und lächelte ihren Mann spöttisch an. „Du solltest nicht immer so misstrauisch sein. So langsam mache ich mir Sorgen um deinen Gesundheitszustand. Ich denke, ein paar Tage in einer Spezialklinik würden dir recht guttun. Du könntest dort in Ruhe deine schwere Gehirnerschütterung kurieren. Und gleichzeitig würde man dir auch psychisch helfen können. Dein Trauma, deine Wahnvorstellungen und dein Schock könnten dort behandelt werden. Du brauchst professionelle Hilfe. Mehr denn je." Sie drehte sich kurz um und kam mit einem Glas Wasser und einer Schachtel Tabletten zurück. Sie drückte aus der Blisterverpackung drei Dragees heraus und reichte sie ihm hin.

„Du meinst Klapsmühle. Niemals. Mir geht es schon viel besser. Vor allem erinnere ich mich wieder. An alles. Ich weiß jetzt, warum ich ungebremst in den Stau gerast bin. Ich muss sofort Schmitt-Vossen sprechen. Er darf auf keinen Fall seine Kontakte aktivieren. Wir brauchen einen neuen Plan. Ruf ihn an. Bitte!" Er versuchte vor lauter Aufregung aufzustehen, aber Elli drückte ihn energisch auf das Sofa zurück.

„Hier, nimm die Tabletten! Die werden dir guttun." Dabei lächelte sie ihn fast mütterlich an.

„Nur, wenn du ihn anrufst", flehte Jupp sie an.

„Natürlich. Alles, was du willst."

Erleichtert schluckte Jupp die drei Pillen.

Elli lächelte ihn noch immer an und dabei berührten ihre Finger zaghaft sein Gesicht.

„Wolltest du mir nicht etwas sagen? Die Wahrheit." Jupp packte dabei etwas zu fest nach ihrer rechten Hand. Lange blickten sie sich an, ohne etwas zu sagen. Schließlich gab Elli nach und setzte sich neben ihn auf das Sofa.

Sie biss sich auf die Unterlippe, fuhr sich nervös mit der rechten Hand durch die Haare. Sie bemerkte, wie der Druck seiner Hand nachließ, schlaffer wurde. Seine Augen waren wieder geschlossen. Sein Atem ging ruhig. Die Tabletten wirkten. Dr. Gardawski hatte nicht zu viel versprochen.

So hilflos und verletzt tat ihr Jupp sogar etwas leid. Sie hatte auf einmal Bedenken.

Manche Dinge gingen von Anfang an schief. Sei es beim Kochen, beim Friseur oder in der Liebe. In der Liebe lag der Fehler meistens bei einem selbst, im Leben, in der Ehe, oft an den Umständen oder an den Lügen.

Elli hatte jahrelang Zeit gehabt, die richtigen Worte zu finden. Den Ablauf genau zu planen. Er hatte recht: Jetzt war der richtige Augenblick gekommen.

Kapitel 4 (Dieter Kleffner)

Stenzel wurde nur langsam wach. Eigentlich waren es die Kopfschmerzen, die zuerst wach wurden. Er öffnete die Augen und kniff sie sofort wieder zusammen. Die Sonne strahlte nämlich direkt in sein Gesicht. Wieso kam das Sonnenlicht direkt auf seine Couch? Das war richtungsmäßig doch gar nicht möglich. Jupp zwang sich, die Augen einen Spalt breit zu öffnen, hob den schmerzenden Schädel und blickte sich um. Das hier war nicht mehr sein Wohnzimmer. Klinisch weiße Wände, ein schmaler Kleiderschrank, ein Tisch, drei Stühle und dieses Krankenbett ergaben ein spartanisch eingerichtetes Zimmer.

Die Tür öffnete sich und eine Frau in weißem Kittel trat ein.

„Guten Morgen, Herr Stenzel, schön, dass Sie wach sind." Sie ging zum Fenster und zog die Übergardine so weit zu, dass die Sonne den Patienten nicht mehr stören konnte. Stenzel wollte sich erheben, doch seine gesamte Motorik schien lahmgelegt zu sein.

„Wo bin ich? Und wer sind Sie überhaupt?", fragte Jupp. Seine Stimme krächzte, da sein Mund völlig trocken und verklebt war. „Ich bin Schwester Silvia. Sie befinden sich in der psychiatrischen Abteilung des St. Elisabeth Krankenhauses. Sie wurden vor vier Tagen eingeliefert. Können Sie sich daran erinnern?"

Stenzel betrachtete die Schwester misstrauisch. Sie war klein, rundlich und wirkte mit ihrer Ruhrgebietspudeldauerwelle wie aus fernen Tagen. Die viel zu tiefe Stimme konnte nur zu einer Raucherin gehören.

Stenzel antwortete genervt: „Ich erinnere mich in der letzten Zeit immer seltener an das, was um mich herum geschieht. Verdammte Scheiße, was soll das hier? Wieso hat man mich in die Psychiatrie gebracht? Ich bin gerade erst aus dem Unfallkrankenhaus entlassen worden. Ich will sofort den Arzt sprechen!"

Schwester Silvia schenkte auf dem Nachttisch ein Glas Wasser ein, griff behutsam unter Stenzels Kopf und gab ihm zu trinken. Das prickelnde Nass tat gut. Das wenig attraktive Äußere dieser Frau glich sie mit einer anziehenden Warmherzigkeit aus.

„Herr Stenzel, ich helfe Ihnen nun, sich etwas frisch zu machen und dann kommt Frau Dr. Selig zu Ihnen. Sie wird Ihnen alles genau erklären."

Dr. Schmitt-Vossen hörte sich den Bericht des Kfz-Ingenieurs an, der in seinem Auftrag nach einem technischen Fehler an Stenzels verunfallten Porsche suchen sollte.

Der Jurist schüttelte den Kopf und rief verärgert in das Telefon: „Das kann nicht sein, dass Ihre Leute keine elektronischen oder mechanischen Fehler an dem Wagen finden! Mein Mandant rast nicht wie ein Selbstmörder ohne zu bremsen in ein Stauende. Außerdem spielt das auch keine Rolle. Mein Mandant zahlt Ihnen eine riesige Summe, damit Sie etwas finden. Ich hoffe, dass wir uns richtig verstehen. Es ist Ihre Aufgabe, selbst dort etwas zu finden, wo es nichts zu finden gibt!" Knallend fiel der Hörer auf die Telefongabel.

Dr. Schmitt-Vossen massierte sich die Nasenwurzel. Wenn er Stenzel nicht entlasten konnte, dann würde der gute Jupp dieses Mal für viele Jahre hinter Gittern verschwinden. Die schlechten Nachrichten nahmen kein Ende: Einem Unfallopfer war gestern ein Bein amputiert worden, eine verunfallte Frau würde für immer querschnittsgelähmt bleiben. Alleine die Folgekosten für permanente Therapien, Frühverrentungen und Schmerzensgelder würden Stenzel finanziell ruinieren. Die privat eingeleitete, differenzialdiagnostische Blutuntersuchung

auf Substanzen, die Stenzel heimlich fahruntauglich gemacht haben
könnten, hatte bisher zu keinem Ergebnis geführt.

Der Jurist trommelte mit den Fingern angespannt auf der Schreib-
tischplatte. Ein Wunder musste her!

Eigentlich war er nicht der Typ, der auf Wunder wartete und hoffte.
Er sorgte persönlich für Wunder. Doch so ratlos wie in diesem Moment war Dr. Schmitt-Vossen schon lange nicht mehr.

„Guten Morgen, Herr Stenzel", grüßte eine schlanke Frau. Der Patient
öffnete die schweren Augenlider und hob gequält den Kopf an. Das
war hier doch kein Albtraum. Er lag immer noch in diesem schlichten
Zimmer. Jetzt fiel es ihm ein: Er hatte dieser Schwester Silvia aufge-
tragen, dass Elli so schnell wie möglich zu ihm kommen sollte. Wo
blieb die nur?

„Ich bin Dr. Selig, Ihre zuständige Psychiaterin. Verstehen Sie mich?",
fragte die Frau. Sie hatte ein auffällig schönes Gesicht und halblange,
blonde Haare. Die grünen Augen wirkten sehr wachsam und erfahren. Die weiße Hose und das enge T-Shirt betonten ihre schlanke
Figur. Die wäre ein reizvoller Anblick in jedem Puff. Wie kam er überhaupt in dieser Situation auf solche Gedanken? War das die Sehn-
sucht nach Elli?

Die Ärztin zog einen Stuhl heran, setzte sich neben das Krankenbett
und brachte sich in Erinnerung. „Herr Stenzel, ich möchte mich mit
Ihnen unterhalten."

„Wann kommt meine Frau?"

„Ihre Frau hat Sie bei Ihrer Einlieferung begleitet. Das liegt nun vier
Tage zurück. Schwester Silvia hat vor einer halben Stunde mehrmals
versucht, Ihre Frau telefonisch zu erreichen. Sie geht nicht ans Fest-

netztelefon und nicht ans Handy. Aber machen Sie sich keine Sorgen, wir versuchen es weiter. Hier sind Sie erst einmal sicher."

Stenzel hob gequält den Kopf und fragte verärgert: „Sicher? Sicher vor wem? Was ist mit mir geschehen?"

„Ich kann nur das wiedergeben, was Ihre Frau Elli uns berichtet hat. Sie wurden aus dem Unfallkrankenhaus entlassen und haben sich zuhause in Ihrer Villa mit Ihrem Rechtsanwalt getroffen. Sie haben erfahren, dass Sie sich für einen besonders schweren Verkehrsunfall mit vielen Beteiligten verantworten müssen. Erinnern Sie sich?"

„Ja, das weiß ich doch alles. Dr. Schmitt-Vossen wird beweisen, dass ich an diesem Unfall keine Schuld habe. Es war technisches Versagen. Denke ich. Aber warum bin ich hier?"

„Ihre Frau hat uns berichtet, dass Sie, nachdem der Rechtsanwalt gegangen war, einen Anruf aus dem Unfallkrankenhaus erhielten. Der Kollege Dr. Gardawski hätte Ihnen die traurige Botschaft übermittelt, dass bei dem Unfall, den Sie zu verantworten haben, nun ein weibliches Unfallopfer für immer querschnittsgelähmt bleiben wird. Ein weiteres Opfer musste beinamputiert werden. Ein drittes wird im schlimmsten Fall nicht mehr aus dem Koma erwachen. Nach diesen schockierenden Informationen hätten Sie mit Ihrer Frau kein Wort mehr gesprochen. Sie hätten nur apathisch auf der Couch gelegen. Ihre Frau wollte Ihnen angemessene Ruhe gönnen, hat sich eine Zeit lang zurückgezogen und mit Computeraufgaben befasst. Als Sie danach zu Ihnen ins Zimmer zurückkam, da hatten Sie bereits das Bewusstsein verloren. Die Unfallklinik hatte Ihnen für den Bedarfsfall zur Beruhigung eine Palette Tranquilizer und gegen starke Schmerzen eine Packung opioide Medikamente mit nach Hause gegeben. Die haben Sie komplett geschluckt. Ihre Frau hat den Notarzt verständigt und der hat Sie mit dem Rettungswagen zu uns bringen lassen. Hier

wurde Ihr Magen ausgepumpt. Dass Sie eine solche Überdosis überleben konnten, grenzt an ein Wunder. Jetzt stehen Sie aufgrund Ihres suizidalen Zustands unter Beobachtung. Wir legen Ihnen gleich wieder eine stärkende Infusion an. Außerdem kommt ein Krankengymnast und beginnt mit Übungen und Lauftraining. Stehen Sie bitte nicht alleine auf, Ihr Kreislauf muss sich noch stabilisieren!"
Stenzel wollte den Kopf schütteln, hielt wegen der Schmerzen aber sofort wieder inne. „Wenn ich Sie richtig verstehe, dann soll ich versucht haben, Selbstmord zu begehen? Warum? Ich kann mich absolut nicht daran erinnern."
„Sie wären nicht der Erste, der einen Unfall verursacht und sich wegen großer Schuldgefühle das Leben nehmen wollte."
„Rufen Sie Dr. Schmitt-Vossen an. Er ist mein Anwalt und muss wissen, dass ich hier in der Klinik bin. Wann werde ich entlassen?"
„Sobald wir uns sicher sind, dass Sie physisch und psychisch stabil sind. Geben Sie sich doch etwas Zeit! Wir werden unser Bestes tun."

Elli Stenzels Wagen rollte über den weißen, knirschenden Kiesweg ihres protzigen Anwesens bis vor die Doppelgarage. Mit fröhlichem Hüftschwung lief sie danach durch die gepflegte Vorgartenanlage auf die Haustür zu. In der Villa läutete das Telefon. Sie schloss auf, eilte durch die große Diele und griff zum Hörer. „Ja bitte?"
Dr. Gardawski war am Apparat. „Elli, ich habe gerade mit der Psychiatrie gesprochen. Er ist wach geworden. Die Kollegin sagt, dass sein Zustand stabil ist. Dein Jupp hat eine zähe Natur. Mit der Benzodiazepin-Dosis, die er geschluckt hat, hätte man einen Elefanten einschläfern können. Auf jeden Fall lässt dir die neue Situation genügend Zeit, mit den von ihm unterschriebenen Dokumenten alle Verträge unter deinem Namen abzuwickeln."

„Hast du die Flugtickets schon gebucht?"

„Selbstverständlich. Aber denk daran, dass du dich weiter unauffällig verhältst, dass vor allem Dr. Schmitt-Vossen nicht aufmerksam wird. Er ist ein Fuchs und wird immer zu deinem Mann halten."

Ellis Stimme bekam einen sehnsüchtigen Klang. „Und du meinst, wir dürften uns vor dem Flug nicht mehr sehen?"

„Wenn wir vernünftig sind, dann sind wir in ein paar Tagen alle Sorgen los. Ich sage nur ‚Sonne, Palmen und blaues Meer'."

Dr. Schmitt-Vossen rollte auf der Autobahn mit 80 km/h durch den Bereich der Unfallstelle, an der Stenzel die Massenkarambolage verursacht hatte. Irgendetwas war an dieser Sache faul. Der gute Jupp war ein hervorragender Fahrer und hatte seine hoch motorisierten Wagen bis dato immer unfallfrei gelenkt. Reifenspuren, zerkratzte Leitplanken und zerrupfte Grünstreifen zeugten noch immer von Stenzels Chaosfahrt. Das Mobiltelefon riss den Rechtsanwalt aus seinen Gedanken. Er schaltete die Freisprechanlage ein. „Ja bitte?"

„Spreche ich mit Anwalt von Jupp?", fragte eine Frauenstimme mit osteuropäischem Akzent.

„Wenn Sie Herrn Stenzel meinen, dann sind Sie richtig verbunden. Wer spricht denn da?"

„Das nichts zur Sache tut. Ich gehört, dass Jupp Unfall mit Auto hatte. Er hat mir vor ein paar Tage aus Unfallkrankenhaus angerufen und gesagt, dass er muss in Knast, wenn er an Unfall Schuld. Aber er ist nicht schuld."

Dr. Schmitt-Vossen zwang sich zur Ruhe und sagte mit sonorer Stimme: „Jetzt bitte mal der Reihe nach. Haben Sie Informationen, dass Herr Stenzel den Unfall nicht selbst verschuldet hat?"

„Ja, war Rache."

Bremslichter, Hupen, verärgerte Gesten. Wieder einer dieser plötzlichen Staus. Der Wagen des Anwalts kam im letzten Augenblick rechtzeitig zum Stehen. Schmitt-Vossen stand der Schweiß auf der Stirn.

„Hallo, sind Sie noch da?", fragte die weibliche Stimme.

„Ja, ja, jetzt stehe ich im Stau. Jetzt können wir ungestört reden. Von welcher Rache sprechen Sie denn?"

„Jupp hatte wichtigen Kunden. Ging um ganz große Geschäft. Aber um sich abzusichern, haben wir von die Nummer gemacht schöne Film."

„Verstehe ich Sie richtig? Herr Stenzel hatte einen Kunden, der in einem gewissen Freudenhaus zu Gast war und dort während einer sexuellen Handlung heimlich gefilmt wurde?"

„Anwälte immer komisch sprechen. Kunde hat hier gebumst, wurde gefilmt und Jupp hat DVD. Als Kunde Geschäft platzen lassen wollte, Jupp hat gesagt: ‚Nix da!' Entweder Geschäft bleibt oder Film geht ins Internet."

„Wissen Sie, wer der Kunde ist? Kennen Sie seinen Namen?"

„Nein, aber weiß, dass er ist ganz hohe Tier aus Autofabrik. Jupp hat mir erklärt. Hat zu tun mit Elektronik. Können über Funk Autos alleine fahren lassen."

„Wer sind Sie?"

„Egal, Jupp mir Gefallen getan. Ich Jupp nun Gefallen tue." Plötzlich war die Verbindung unterbrochen. Der Jurist betätigte den Rückruf, doch die Dame hatte ihr Mobiltelefon schon ausgeschaltet.

Schmitt-Vossen rief seine Sekretärin an und gab ihr die Mobilfunknummer der anonymen Anruferin durch. Sie sollte über die üblichen Verbindungen der Kanzlei herausfinden, wem der Anschluss gehörte. Nachdem sich der Stau endlich aufgelöst hatte, kam die Nachricht, dass die Anruferin nur ein Prepaid-Handy benutzt hatte. Wie sollte er an diese Zeugin herankommen? Und in welcher heiklen Erpressungsgeschichte des Rotlichtmilieus steckte Jupp neben allen anderen Problemen? Er hatte so fest geglaubt, dass er aus dieser Szene damals ausgestiegen war.

Das Mobiltelefon läutete erneut und Dr. Schmitt-Vossen nahm das Gespräch an.

„Hier ist das St. Elisabeth Krankenhaus, die geschlossene Abteilung der Psychiatrie. Mein Name ist Schwester Silvia. Herr Stenzel hat mich gebeten, Sie über seinen Aufenthalt bei uns zu informieren. Er möchte, dass Sie ihn besuchen."

Der Jurist las das Schild zur nächsten Autobahnausfahrt, setzte den Blinker und sagte: „Ich danke Ihnen für den Anruf. Ich bin bereits auf dem Weg."

Kapitel 5 (Jacqueline Montemurri)

Jupp Stenzel säße anstatt im Krankenbett jetzt gern an seinem Mahagonischreibtisch in dem riesigen, modernen Büro, das er zusätzlich in Essen besaß. Er ließ seinen Gedanken freien Lauf: Der Blick durch die Panoramafenster auf die Bäume des umliegenden Parks ließ ihn jedes Mal vergessen, dass er sich mitten in Essen an der Ruhrallee befand. Erst vor zwei Jahren hatte er sich mit der Verwaltungsabteilung seiner Firma im Büropark an der B227 eingemietet. Hier standen so viele Bürohäuser leer, dass er das Gebäude quasi ‚für einen Appel und ein Ei‘ bekommen hatte.

Neben seinem Büro lag der Konferenzraum mit halbrunder Glasfront. Ein Traum, der ihm schon des Öfteren anerkennende Äußerungen seiner Geschäftspartner eingebracht hatte. In der Etage darunter gab es eine Kantine, die diesen Namen wahrlich nicht verdient hatte. Es war eher ein Luxusrestaurant, das keine Wünsche offenließ. Doch er nutzte dieses nur, wenn wichtige Kunden anwesend waren und er sie zum Essen einlud.

War er zur Mittagszeit allein, tauschte er die Anzugjacke gegen eine unscheinbare Strickjacke, nahm die Feuertreppe im hinteren Teil des Gebäudes und schlug den Weg durch den Park ein. Am anderen Ende des lichten Buchenwaldes schloss sich ein Wohngebiet an. Es bestand aus den typischen zweigeschossigen Bauten mit Satteldach, die in den Siebzigern für Arbeiterfamilien errichtet worden waren. Damals galten solche Neubauwohnungen als modern. Je vier Familien bewohnten ein Haus. Die Siedlung lag im Grünen und war nicht mit den zehnstöckigen Wohnsilos anderer Stadtteile zu vergleichen. Doch auch hier machte sich die Zeit bemerkbar: Der Putz der Fassaden

hatte allmählich eine triste graue Farbe angenommen. Vor zirka fünfzehn Jahren waren nachträglich große Panoramafenster eingebaut
worden. Jupp fühlte sich hier auf irgendeine seltsame Art heimisch.
Es war eben das Ruhrpottgefühl. Jahrelang hatte er sich in Chefetagen aus Edelstahl und Glas aufgehalten. Und nun – vielleicht mochte
es der Beginn der Midlife-Crisis sein – hatte er ein Bedürfnis nach
Bodenständigkeit, nach Einfachheit.

An solchen Tagen kehrte er im Dönerladen von Ergün Aktas ein.
Wenn er die Glastür öffnete, bimmelte eine altmodische Glocke. So
war es auch an dem bewölkten Oktobertag vor fast einem Jahr gewesen.

Ding Dong.

„Tach, Jupp. Wie isset?", überfiel ihn der türkischstämmige Ladenbesitzer in urigstem Ruhrpottisch.

„Jau, geht so", versuchte Jupp das Spielchen mitzumachen. Seit er
hier einkehrte, hatte er sich wieder ein paar Floskeln angewöhnt.

„Wat willste denn heute zu Mittach? Currywurst mit Pommes oder
Döner spezial?"

Jupp stand vor der Theke und begutachtete den sich träge drehenden
Dönerspieß. Schließlich entschied er sich doch für die Currywurst.

„Mit Pommes Schranke?"

„Jau, Ergün, heute is mir nach rot-weiß. Auch wenn's meiner Plautze
nich so guttut." Er rieb sich demonstrativ über den Bauch und grinste. Wenn Schmitt-Vossen ihn so sähe, würde er ihn wahrscheinlich in
die Klapse einweisen lassen.

„Ach, nu übertreib man nich. Und im Übrigen könnt es sein, dass ich
den Ketchup abschaffe." Ergün kicherte amüsiert.

Bei dieser Information rückte Toni Scapaletti näher heran. Er saß ebenfalls an der Theke und pikste eine rot tropfende Pommes auf den kleinen Holzzweizack.

„Cosa? Wieso willst du abschaffen gute Tomatensoße?", fragte er entrüstet mit seinem italienischen Akzent. Dabei gestikulierte er mit der freien Hand, als würde er eine Rede vor dem Parlament halten.

„Ja, wieso dat?", fragte nun auch Jupp.

Ergün lachte und ließ eine Schippe Fritten in das blubbernde Fett gleiten. Es zischte und der typische Pommesbudengeruch breitete sich aus. „Kleinet Spässken meinerseits. Natürlich schaff ich rot-weiß nich ab. Is doch schließlich unsere Farbe hier in Essen. Aber mein Vetter Ömer hat auf Schalke seine Pommesbude. Und der sachte mir letztens, dass er nur noch Majo verkauft, solang dat Ketchup nich blau is."

Jupp schüttelte grinsend den Kopf und beobachtete, wie Ergün die Rostbratwurst durch die Maschine jagte. Die Stücke fielen in die Pommesschale und wurden sofort mit Currysoße ertränkt. Nun war das Schwein auf jeden Fall tot. Garantiert.

„Verstehste?", setzte Ergün nach. „Pommes blau-weiß."

Toni begann schlagartig zu lachen und prustete seine halb zerkauten Kartoffelstäbchen in sein Schälchen zurück.

„Pommes blau-weiß? Isch lache misch schlappe. Was machen die Borrussen dann? Pommes schwarze-gelbe? Vielleichte verkohlt mit Limoncello?" Er lachte wieder und begann schließlich zu husten, bis ihm die Tränen liefen. Jupp klopfte ihm hilfsbereit auf den schmalen italienischen Rücken und lachte auch.

Endlich reichte ihm Ergün seine Pommes Currywurst über den Tresen. Jupp bezahlte und setzte sich damit an eins der Tischchen an dem kleinen Fenster zur Straße.

Der Türke und der Italiener lachten und alberten weiter an der Theke herum. Jupp versank in Gedanken und aß sein Mittagessen. Elli durfte er von derlei ernährungstechnischen Fehltritten nichts erzählen. Es war sein kleines Geheimnis. Er fühlte sich frei, wenn er inkognito hier seine Zeit verbrachte. So eine Mittagspause war wahrhaftig entspannender als in der schnöseligen Kantine seiner Firma. Da würde er jetzt entweder allein dinieren oder mit ein paar Anzugträgern, die ihm nach Strich und Faden in den Arsch krochen. Ne, dann lieber die Spässken von Ergün und Toni ertragen.

Plötzlich läutete die Türglocke so heftig, dass er sich beinahe an einem Stück Wurst verschluckt hätte. Er blickte auf und sah, wie eine Frau mit Kopftuch und Sonnenbrille hereingerauscht kam.

„Gibt es hier ein Toilette?", fragte sie mit osteuropäischem Akzent.

„Äh …", machte Ergün unschlüssig.

Aber der Italiener hatte die Situation sofort im Griff. „Signiorina, bella, bitte schöne." Er wies mit einer ausladenden Geste zu einem kleinen Durchgang, der mit einem Vorhang abgetrennt war. „Hiereentlange, schöne Frau."

Die Dame nickte, sah sich noch einmal zur Straße um und verschwand dann im hinteren Bereich des Ladens. Jupp konnte ihr Gesicht zwar wegen des Kopftuchs und der Sonnenbrille nicht richtig erkennen, doch die Art, wie sie sich bewegte und die zarte Gestalt ließen ihn erahnen, dass es ein junges Mädchen sein musste. Irgendwie schien sie verängstigt zu sein.

Die Lösung des Rätsels ließ nicht lange auf sich warten und kam mit quietschenden Bremsen in einem schwarzen BMW vor der Ladentür zum Stehen. Zwei Männer stiegen aus dem Auto aus. Sie waren äußerst stämmig, tätowiert und hatten kurz geschorene Haare. Jupp kannte diesen Typ Mann. Er selbst hatte vor Jahren solche Gesellen beschäftigt, als Türsteher oder Geldeintreiber oder auch Leibwächter der Mädchen. Das war damals, als er diese Schnapsidee mit dem Bordell verfolgt hatte. Er war zwar aus dem Milieu wieder heraus, hatte jedoch genügend Erfahrungen sammeln können, um die Lage richtig einzuschätzen. Und im Notfall hatte er auch noch nützliche Kontakte.

„Ist hier so eine Schlampe mit Kopftuch gewesen?", blökte einer der Kumpane lautstark los, noch während er die Tür aufstieß.

„Äh …", machte Ergün erneut.

„Hiere nicht seien Schlampen", versicherte der Italiener mit Unschuldsmiene.

Auch Jupp stand jetzt auf und schlurfte etwas übertrieben kränklich zu Toni hinüber.

„Jau, der Jung hat recht. Hier gibt's keine Schlampen", versicherte er.

„Wat is, Oppa? Willste mich verscheißern?"

„Nichts liegt mir ferner", erwiderte Jupp etwas zu situiert und legte schnell nach: „Hömma, ihr beiden solltet jetz 'n Abflug machn."

„Willste eins aufs Maul, Oppa?"

Puh, dachte Jupp, die sind echt anstrengend.

„Also, Jungs." Ergün hatte seine Sprache wiedergefunden. „Entweder ihr bestellt jetz wat oder ich seh dat als Hausfriedensbruch un ruf ma die Bullen. Mein Cousin Mohammed is dort 'ne große Numma un der wird euch den Marsch blasen."

Jupp blickte sich überrascht zu dem ruhrpottisch schimpfenden Türken um.

„Und ische rufe meine Brüder an. Die sind ause Sizilien von der Famiglia! Capito? Die fressen so Sackgesichter wie euche zum Frühstück." Dabei berührten Tonis Fingerkuppen die Daumenkuppen und seine Hände wedelten im Rhythmus der Silben bekräftigend vor den Gesichtern der Schlägertypen herum.

Jupp konnte es kaum glauben, doch die Typen verließen tatsächlich den Laden. Aber es war offensichtlich nicht die Angst vor Tonis Mafia, die sie vertrieben hatte. Es war eher der Frust, dass sie nicht gefunden hatten, wonach sie suchten, und dass sie von einer Horde beknackter Männer in den besten Jahren verschaukelt wurden.

Als der BMW verschwunden war, kam die junge Dame hinter dem Vorhang hervor. Diesmal hatte sie kein Kopftuch auf und auch keine Sonnenbrille. Ihr dunkelbraunes lockiges Haar umspielte ein zartes blasses Gesicht mit ein wenig zu viel Schminke und einem dicken blauen Veilchen.

Dies war der Beginn einer wunderbaren Freundschaft. Das Mädchen entpuppte sich als junge Ukrainerin namens Natascha, die, gelockt durch falsche Versprechungen, in den Ruhrpott gekommen und in einem Bordell gelandet war. Sie versuchte gerade aus diesem Milieu zu entfliehen und hatte nun drei tatkräftige Helfer gefunden. Aber das war eine andere Geschichte, die schließlich noch damit endete, dass Natascha Jupp behilflich war, ein paar zwielichtige Geschäftsleute durch eine DVD der gewissen Art zu einem Geschäftsabschluss zu bewegen.

Jupp wurde durch ein heftiges Klopfen an der Tür jäh aus seinen Gedanken an Ergüns Dönerbude in die geschlossene Psychiatrie zurückgeholt. Er seufzte kurz, als er an Natascha dachte. Noch vor wenigen Tagen hatte er sie in seiner Verzweiflung angerufen. Nur um ihre Stimme zu hören. Denn sie hatte damals den Absprung mit Hilfe von ihm, Toni und Ergün geschafft und konnte sich nun ein normales Leben aufbauen.

Erneut klopfte es.

„Jau … äh: ja, bitte?"

Die Tür öffnete sich und Dr. Schmitt-Vossen trat ein.

„Guten Tag, Herr Stenzel", grüßte der Anwalt.

Jupp wollte sich aufsetzen, doch da war er wieder, der Schmerz. Also blieb er brav liegen und antwortete: „Guten Tag, Doktorchen."

„Was ist mit Ihnen los? Haben die Ihnen hier irgendwelche Pillen gegeben?"

„Ich bekomme Unmengen davon. Stört Sie das?" Seit seinem Gedankengang in die Vergangenheit hatte Stenzel ein beschwingtes Gefühl. Ein Plan reifte in ihm. Doch es war nur ein Keim. Er musste erst zu einer Pflanze heranwachsen.

„Jetzt mal Spaß beiseite, Herr Stenzel. Die Lage ist ernst, sehr ernst."

„Ich höre."

„Ich habe eine gute und eine schlechte Nachricht für Sie."

„Ach, das ist ja mal ganz was Neues."

Dr. Schmitt-Vossen schüttelte den Kopf und Jupp konnte an seinem Gesichtsausdruck erkennen, dass er ihn für unzurechnungsfähig hielt.

„Zuerst die schlechte Nachricht. Ich will mich schließlich noch auf was freuen können", bestimmte er, und aus irgendeinem Grund hatte er das Bedürfnis zu kichern.

Der Anwalt blickte ihn ernst an. „Ich mache mir Sorgen um Sie."

„War das schon die schlechte Nachricht?" Jupp grinste.

„Nein, verflucht … oh, entschuldigen Sie bitte. Heute ist nicht mein Tag." Schmitt-Vossen holte tief Luft. „Irgendwas ist faul. Normalerweise – und ich spreche da aus jahrelanger Erfahrung – ist alles regelbar. Es kostet nur ein bisschen was. Aber das wissen Sie ja." Der Anwalt setzte sich ungeniert neben Jupp auf das Krankenbett und starrte fast resigniert zum Fenster hinüber. „Diesmal läuft etwas schief. Ich kann es nicht genau orten, doch jemand hat die Finger im Spiel. Jemand mit viel Einfluss."

„Nun, das kann schon mal nicht Elli sein. Hat sie Einfluss? Nein, sie ist jahrelang wie ein braves Hündchen hinter mir her gedackelt."

„Ich bin mir nicht sicher, wie Ihre Frau da beteiligt ist, doch es geht – denke ich – um mehr. Da müssen andere Mächte am Drücker sein."

„Ach, Doktor Schmitt-Vossen, Sie werden das schon wieder hinbiegen."

„Im Moment sieht es wirklich schlecht aus. Verstehen Sie mich? Das Labor für die Blutuntersuchung kooperiert nicht, und die Herren Ingenieure wollen keinen Fehler in Ihrem Auto finden. Sie haben die Untersuchung abgebrochen und das Wrack auf einem Schrottplatz deponiert."

Schmitt-Vossen wirkte auf Jupp nun wirklich verzweifelt. Deshalb nahm er alle Kraft zusammen und setzte sich auf.

„Das ist gut", sagte er leise.

Schmitt-Vossen stierte ihn an wie einen Wahnsinnigen, oder besser gesagt: Er blickte selbst wie ein Wahnsinniger drein und ebenso hörte sich seine Stimme an, als er schrie: „Das ist gut? Sind Sie noch bei Trost? Das ist Ihr Genickbruch, Herr Stenzel."

Jupp legte dem Anwalt die Hand auf die Schulter. Es wirkte beruhigend – auf beide. Und so saßen sie da für einen Moment und blickten hinaus. Draußen erglühte der Himmel inzwischen in einem atemberaubenden Sonnenuntergang.

„Jetzt sagen Sie mir doch erst einmal die gute Nachricht, Doktorchen!"

„Ach so. Stimmt. Ich habe da womöglich eine Zeugin. Sie könnte bestätigen, dass der Unfall ein Anschlag auf Sie war. Aus Rache, so meint sie."

„Ach. Wer ist das?"

„Das ist nun leider wieder ein Problem. Ich habe keine Ahnung. Aber sie hatte einen unüberhörbaren osteuropäischen Akzent."

Stenzel klopfte sich vor Vergnügen auf die Schenkel und schrie im selben Moment vor Schmerz auf.

„Natascha!"

„Wer ist Natascha?"

„Das, mein Guter, erzähle ich Ihnen unterwegs."

„Unterwegs? Sie können hier nicht weg. Das ist eine geschlossene Abteilung, und außerdem haben Sie Schmerzen und sind an allerlei Geräte angeschlossen."

Jupp lächelte. Die Stimme Schmitt-Vossens nachahmend sagte er: „Alles ist machbar. Kostet aber eine Menge Geld."

Etwa eine Stunde später saß Josef Stenzel, vollgepumpt mit Schmerzmitteln, in einem dunkelblauen Jogginganzug neben seinem tadellos gekleideten Anwalt in dessen Auto. Sie jagten auf der A43 nach Norden.

Schmitt-Vossen hatte sein Talent grandios ausgespielt und nun war die Krankenschwester der geschlossenen psychiatrischen Abteilung des St. Elisabeth Krankenhauses, namentlich Silvia Siepert, stolze Besitzerin einer kleinen luxuriösen Eigentumswohnung in Essen-Kettwig mit Blick auf die gestaute Ruhr. Stenzel dagegen war durch einen seltsamen Fehler im Datensystem entlassen worden. Nun ja, früher oder später würde der Fehler sicher auffallen oder Jupp Stenzels Schmerzmittel würden nachlassen und er eventuell freiwillig zurückkehren. Doch im Moment fühlte er sich beschwingt und voller Tatendrang. Denn er hatte einen Plan.

„Ich verstehe immer noch nicht, was Sie meinen, auf dem Schrottplatz finden zu können. Die schlauen Ingenieure haben schließlich
auch nichts gefunden", grummelte der Anwalt.
Schmitt-Vossen war wirklich sein Geld wert und, dachte Jupp, er war
auch ein guter Freund. Wahrscheinlich war er im Moment der einzige
Mensch, auf den er bauen konnte … und auf Natascha. Aber die wollte er möglichst nicht in die Sache hineinziehen.
„Lassen Sie mich mal machen, Herr Doktor Schmitt-Vossen."
Im Nordwesten ragten beleuchtete Industrietürme und Schornsteine
in den Himmel. Der Chemiepark Marl wirkte wie eine futuristische
Stadt aus einem Science-Fiction-Film. Die bunte Beleuchtung ver-
stärkte den Eindruck noch. Jupp blickte hinaus in die Dunkelheit. Kurze Zeit später fuhren sie bei Marl-Sinsen von der Autobahn herunter
und auf die Landstraße. Mittlerweile war es finstere Nacht. Der Anwalt hatte einige Telefonate getätigt und den Schrottplatz ausfindig
gemacht. Stenzel war bei der Adresse hellhörig geworden. Denn dort
war das Revier eines seiner ehemaligen Kunden aus dem Rotlichtmilieu. Man könnte fast sagen, dass der Schrottplatz ein Dreh- und An-
gelpunkt für ganz andere Geschäfte war. Geschäfte, die von einer
Organisation betrieben wurden, die man gemeinhin als ‚Russenmafia'
bezeichnen würde. Das schreckte Stenzel jedoch nicht ab. Er musste
etwas Wichtiges wiederbeschaffen.

Die letzten Meter zum Schrottplatz fuhr Schmitt-Vossen ohne Licht.
„Herr Stenzel, ich bin Anwalt."
„Das weiß ich doch."
„Aber, was wir hier tun, ist …"
„Strafbar?"
Sie stiegen aus und begannen durch die Nacht zu stapfen.

„Genau. Ich fühle mich nicht wohl bei der Sache."

„Ach, Quatsch. Keine Panik! Das sind Ganoven, und die zeigen Sie bestimmt nicht an."

Der Anwalt trat in eine Pfütze und fluchte leise, denn nun waren die teuren Designer-Schuhe ruiniert. „Aber vielleicht verschrotten sie uns", presste er genervt hervor.

Jupp musste lachen. Die Schmerzmittel waren super. Alles fühlte sich einfach an, sorglos und machbar.

Vor ihnen in der Dunkelheit erhob sich nun ein Zaun. Sie gingen ein Stück daran entlang, bis sie eine defekte Stelle fanden. Das Loch war so groß, dass sie leicht durch den Maschendraht schlüpfen konnten. Und es sagte ihnen noch etwas: Es gab keinen Wachhund. Der hätte nämlich dort hindurchgepasst, was ja nicht sinnvoll gewesen wäre. Stenzel lauschte in die Nacht. Es war nichts zu hören außer dem Atem von Dr. Schmitt-Vossen.

„Komisches Gefühl", murmelte der Anwalt. „Normalerweise bin ich es, der SIE mit kreativen Methoden aus der Patsche zieht. Und nun ..."

„... werden Sie durch mich vielleicht selbst in die Patsche geraten ... Da! Ich glaube, da ist er!"

Stenzel zeigte auf ein Metallknäuel. Er ging näher heran und bekam feuchte Augen.

„Das ist er. Mein geliebter Porsche." Liebevoll strich er über das Dach, oder dem etwas, das dieser Bezeichnung am nächsten kam.

„Werden Sie jetzt nicht sentimental, Herr Stenzel. Uns läuft die Zeit davon. Wenn Ihre Schmerzmittel nachlassen, muss ich Sie womöglich zurück zum Auto tragen."

„Nette Vorstellung, Doktorchen."

Stenzel umrundete den übel zugerichteten Wagen und hockte sich schließlich hin. Er begann im Inneren herumzutasten.

„Es muss hier sein. Ich habe das Ding unter den Fahrersitz geklebt."

„Das Ding?"

„Ja, hier ist sie schon, die ..." Josef zog ein flaches quadratisches Kistchen hervor, an dem ein weiteres Päckchen klebte. Er grinste voll Vorfreude in sich hinein. Plötzlich hörte er ein metallenes Klicken. Der Atem stockte ihm und das Blut in seinen Adern schien zu gefrieren. Das Schlimmste war jedoch, dass die Schmerzmittel schlagartig versagten. Langsam drehte er sich um und blickt in die Mündung einer Pistole. Doch er konnte nicht glauben, wer das Ding auf ihn richtete.

„Du? Ich dachte, dass Elli mir an den Kragen wollte. Aber dass du ..."

Kapitel 6 (Renate Habets)

Schmitt-Vossen stand unmittelbar hinter Stenzel. Über dessen Schulter blickte er nun ebenfalls in die Mündung der Pistole, aber nur ganz kurz, dann irrte sein Blick weiter. Wenn es doch nur nicht so dunkel um ihn wäre, dann könnte er mehr sehen!
Die Lichter des Industrieparks blinkten weit entfernt, hinten am Eingang des Schrottplatzes flimmerte eine winzige Funzel vor sich hin. Nichts zu sehen. Die war keine Hilfe.
Er spürte, wie die Furcht nicht langsam, sondern ruck, zuck seinen Rücken hochschoss, sich in ihm festkrallte, die Schultern schlapp vornüber fielen und den Hünen zusammensacken ließen. Nur unauffällig bleiben! Jetzt nicht auffallen!
Mit vorgeschobenem Kopf streiften seine Augen eilig umher, musterten die Gegend. Das hatte er gelernt als Amateurboxer. Nur war er da nie so in der Bredouille gewesen! Fieberhaft jagten sich die Beobachtungen in seinem Kopf. Für irgendetwas musste der ja jetzt taugen! Gut, da war hinten der Zaun mit dem Loch, schlecht waren die Berge von Schrott vor ihm, in Bündeln gestapelt. Da kam man nicht durch. Und dann musste man ja auch an der Pistole vorbei, die da vorne blinkte. Neben ihm, ganz im Dunkeln, eine riesige Pfütze, Schlammränder an der Seite.
Vorsicht, nur nicht fallen! Langsam, gekrümmt, schob Schmitt-Vossen seinen langen Körper hinter Stenzel auf die schmutzige Wasserlache zu, Schritt für Schritt, nur ganz unauffällig! Tief war sie in der Mitte, merkte er, als seine Designerschuhe nun endgültig komplett durchtränkt wurden und seine pitschnassen Socken an den zitternden Füßen klebten. Egal! Weiter, nur immer unsichtbar weiter. Nun etwas

rückwärts, Richtung Zaun. Das war der einzige Fluchtweg. Da musste er durch.

Deckung gab ihm niemand, nur nicht auffallen war heute seine Devise. Rückzug, nicht Angriff.

Schmitt-Vossen spürte seine Furcht immer stärker werden, lähmender nun. Leer war sein Kopf, leer von Gedanken, nur noch ein einziges Gefühl war in ihm. Auf dieses ballte sich alles zusammen: Fort, nur fort von hier!

Es war ihm gelungen, sich so lautlos und unsichtbar wie möglich ein Stück von seinem besten Klienten zu entfernen, so dass er eins wurde mit der Dunkelheit um ihn herum. Wie er so fix hatte vollkommen winzig werden können, wusste er hinterher absolut nicht zu sagen, als er wieder zum `Kämpfer für die Bedürftigen´ geworden war. Die Angst musste ihm geholfen haben, diese unbeschreibliche, grausame Angst, als er, ohne seinen neuen grauen Anzug mit dem zarten hellen Streifen zu beachten, verstohlen durch das Loch im Zaun schlüpfte. Dabei blieb er kurz mit dem Sakko an dem Draht hängen. Es ruckte heftig, gab ein fast unerträglich lautes Geräusch, schien ihm, und dann bekam er den Stoff frei. Nun sah man ihn nur noch laufen. Mit schlammverkrusteten, nassen Schuhen und einem riesigen Riss auf dem Rücken jagte er mit langen Schritten auf das Auto zu, stolperte, schien zu fallen, fing sich wieder und rannte weiter.

Endlich war er angekommen.

Jupp aber konnte nur noch starren. Magisch zog sie ihn an, so als müsse er in sie hineinkriechen, unaufhaltsam, zwangsläufig, immerfort. In die Mündung starrte er, die seinen Blick wie in einem Zauber einsog, ihn festhielt und auf den Grund bannte. Alles um sich herum hatte er vergessen: die Fahrt, den Schrottplatz, Schmitt-Vossen, der nervös und leicht zitternd hinter ihm stand, wie er jedenfalls glaubte.

„Josef …", hörte er von Ferne und noch einmal: „Josef …", aber die Worte verklangen, wurden unhörbar für ihn. Die Erinnerung hatte ihn gepackt, er kam aus dieser Szene seiner Kindheit nicht mehr hervor: Jupp hatte damals, eingesogen wie in einem Hexenwerk, verkrampft in seinem Bett gelegen und voller Angst gelauscht. Nun hört er wieder, wie durch das angelehnte schmuddelige Fenster die Geräusche der Straßenbahn dringen, die klingelnd über die nah gelegene Weseler Straße fährt, knirschend abbremst und dann langsam wieder Fahrt aufnimmt. Autos hupen, und mitunter hört er die hellen Stimmen der Mädchen, die, gewaschen und mit frischer Bluse und schwingendem Rock, zum Schwelgernstadion schlendern, wo die Burschen auf sie warten, mit geradem Scheitel und glänzender Pomade im Haar. Er weiß, an diesem Abend würden sie sich dort treffen, das tun sie immer am Samstagabend.

Samstagabend ist es, er, Stenzel, acht Jahre alt und ein magerer, viel zu klein geratener Junge, der mit drei Geschwistern in dem heruntergekommenen Wohnhaus auf der Warbruckstraße lebt. Seine Mutter ist auch noch dort zu Hause, manchmal. Drei kleine Zimmerchen bewohnen sie, vollgestellt mit Schlafmöglichkeiten. Etwas anderes hat kaum noch Platz. Es gibt den winzigen Raum, in dem er nun liegt, neben sich auf einer kleinen Couch die tief schlafende Martina, sechs Jahre alt und seine Schwester. „Martina, dat klingt so …", sagt die Mutter immer, wenn man sie auf den Namen der Tochter anspricht. Wie es denn nun klingt, das hat er nie erfahren.

Eigentlich hätten in dem Zimmer noch Hans und Jürgen liegen müssen, die vierjährigen Zwillinge. Aber ihr Bett ist leer. Es ist Samstag, da schlafen sie bei Oma Grete in der Laube. Das war toll, als er, Jupp, noch dort übernachtete. Klein, winzig klein ist es, aber in jeder Ritze des Holzhäuschens hat er die Wärme und Liebe seiner Großmutter gespürt, ihre warme Hand an seiner Wange, wenn er wach wird und sie anschaut. Jeden Samstag hat er herbeigesehnt, so, wie er nun die Samstage fürchtet.

„Egal", ruft er sich zur Ordnung, er ist nun groß, und jetzt sind die Kleinen dran, auf die er aufpassen muss. Nicht nur auf die Zwillinge, sondern auch auf Martina, von allen nur Mari genannt, deren Mündchen etwas geöffnet ist, als er nun zu ihr hinschielt, ganz heimlich nur, um sie nicht aufzuwecken. Mochten die anderen auch lästern, weil er so klein ist, er wuppt das schon mit den Jüngeren. Jetzt erst recht!

Er hat sich so gewünscht, dass die drei etwas machen aus ihrem Leben. Er natürlich auch, das ist ja klar, aber die drei, die müssen Gewinner sein, dafür hat er zu sorgen! Er, der kleene Jupp …
Doch nur Martina hat es geschafft, nur die Schwester, die lebt anständig, die hat nichts zu tun mit dem Kokolores und Schlamassel, in dem er nun steckt. Drei Kinder, Jungen, hat sie, alle studiert. Onkel ist er also auch, aber er kennt keinen von ihnen. Mari hat dafür gesorgt, dass er seine Neffen nicht zu Gesicht bekommt, als er den Puff in Duisburg gehabt hat. „Lusche", hat sie ihn genannt, „Lusche", obwohl er doch so viele Mäuse macht, und ist, ohne sich noch einmal nach der Warbruckstraße umzusehen, mit ihrem Mann nach Hamburg gegangen. Zwanzig ist sie gewesen, da hat er sie das letzte Mal gesehen. Dass sie heute an der Elbe wohnt, das hat er noch erfahren. Ein bisschen hat sie wie die junge Elli ausgesehen, damals, … Mari.

Und die Brüder? Tot, auf dem Fiskusfriedhof der eine, der andere in Castrop-Rauxel, im Knast. Immer wieder lässt er sich erwischen, immer wieder landet er dort, der Versager.

Das hat er damals nicht gewusst, ist auch gut so!

Angespannt liegt Jupp auf seinem schmalen Bett und horcht, ob sich jemand an der Wohnungstür zu schaffen macht. Nebenan ist der Raum, den die Mutter großspurig ‚Wohnzimmer‘ nennt, weil dort das steinalte dunkelbraune Büffet von Omas Schwester steht, das einzige Erbstück, das seine Mutter, Helga, `dat Miststück´, von ihr bekommen hat.

Wenn Mutter keinen `Besuch´ hat, sitzen die Kinder auch schon einmal auf dem Sofa mit den durchgesessenen Polstern. Meist aber halten sie sich in der Küche auf, dem größten Raum der Wohnung, in dem sie leben, wenn sie nicht schlafen. Das Klo ist auf dem Zwischenstock, und im Winter ist es jämmerlich kalt dort, wenn die Eisblumen auf dem winzigen Fenster in prächtigster Blüte stehen. Ja, „in prächtigster Blüte“, das hat er oft gedacht, wenn er dort sitzt und versucht schnell fertig zu sein. Wo er das her hat? Das weiß er nicht. Es gefällt ihm, schöne Wörter gefallen ihm. Die sammelt er.

Wenn die Mutter `Besuch´ hat, mag er das gar nicht. Dann quietschen die Federn des alten Sofas, man hört Gemurmel oder auch nur ganz merkwürdige Töne. Die Tür ist geschlossen, und, wehe, eines der Kindert traut sich auch nur in die Nähe. Da gibt es keine überschwänglichen Küsschen und exzessiven Knutschereien zwischen Mutter und ihrem Besuch. So kennt er es sonst aus dem Fernsehen. Bei Mutter dagegen nur Schubsen, Wegdrehen, Schläge. Jupp lenkt die anderen dann immer ab, kaspert in seinem Bett herum oder schneidet Brotkanten in der Küche ab. Manchmal packt er die Geschwister auch und geht mit ihnen Autos gucken. Das tun sie gerne.

„Der Jupp hat Grips."

Oft hat er das gehört, so oder anders. Ja, Grips hat er, das ist mal ausgemacht. Und so ist er auch gerne in der Schule. Nie versäumt er eine Stunde, wenn es geht und er nicht auf die Kleinen aufpassen muss, weil Helga mal wieder unterwegs ist. Für seinen Lehrer ist ausgemacht, dass er mindestens zur Realschule muss, eher noch aufs Gymnasium.

„Frau Stenzel, Ihr Josef lernt so leicht."

„Mh."

„Der ist richtig clever. Sehr begabt."

„Mh."

„Der muss aufs Gymnasium."

„Hören Sie? Der muss unbedingt aufs Gymnasium!"

„Mh."

Für den Lehrer ist damit alles klar gewesen.

Für die Mutter auch.

Und erst recht für Josef.

Jetzt ist er da, der alles entscheidende Tag! Heute ist es endlich soweit! Endlich! In die vierte Klasse geht er mittlerweile, ist immer noch mager, aber gar nicht mehr klein. Hoch aufgeschossen ist er jetzt, ein „Spargeltarzan", wie die Klassenkameraden sagen. Ganz aufgeregt ist er, als er sein Zeugnis aus der Tasche zieht, hastig und zugleich so vorsichtig, dass es um Himmels willen nicht zerknittert.

„Da", lässt er es langsam auf den Tisch sinken und schaut die Mutter, hochrot nun, erwartungsvoll an.

„Später", schiebt sie es unachtsam zur Seite und greift nach dem Messer und den bereits etwas krumpeligen Spinatblättern.

„Mein Zeugnis, Mama", drängt er und bringt es vorsichtig wieder in ihre Blickrichtung. „Das Zeugnis, Mama!"

Toll ist es ausgefallen, das langt allemal fürs Gymnasium! Und besonders anstrengen hat er sich auch nicht müssen.

„Später", grummelt sie noch einmal, lauter und viel unheilvoller nun. Aber dieses Mal nimmt er das nicht hin! Zu sehr denkt er an die guten Noten, das Gymnasium und das Später. Was er alles werden kann … alles!

„Mama …!"

„Schluss!"

Völlig unerwartet klatscht ihre Hand zielstrebig und fest in sein Gesicht und hinterlässt eine dicke rote Strieme. Tränen schießen ihm in die Augen, weniger aus Schmerz, mehr aus Irritation, hat er doch mit ihrem Freudenschrei, nicht jedoch ihrer Ungeduld und diesem Klatsch auf seine Backe gerechnet.

„Aber …"

Ganz bleich steht er da, fassungslos und fischt dann das Zeugnisblatt aus einer Wasserlache, in die sie es nach dem Schlag voller Wut geworfen hat. Die ersten Buchstaben zerlaufen bereits. Hektisch versucht er es mit seinem Hemdärmel zu trocknen, japst einmal laut auf und dreht sich um. Blitzschnell ist er im Zwischenstock, dreht den Schlüssel des Klos zweimal um und lehnt sich gegen die Tür, schluchzt stoßweise und hält das Zeugnis in der Hand.

Als er von draußen wiederholt „Jupp" und dann schmeichelnd, bettelnd „Juppi" hört, trommelt er mit beiden Händen gegen das Holz. „Haut ab!", brüllt er völlig außer sich, „Haut ab … haut ab …" Viel später erst schleicht er sich in das kleine Zimmer zurück, wirft sich auf sein Bett und verschmiert das Kissen noch mehr mit seiner Rotze, die ihm aus der Nase läuft.

Achtlos hat er das Zeugnis auf Martinas Sofa geworfen. Das würde auch nichts mehr nützen. Das hat er kapiert.

Und er hat richtig kapiert. Über die Realschule wurde nie gesprochen, erst recht nicht über das Gymnasium. Nach den Sommerferien ist er auf die Hauptschule gegangen, ohne jeden weiteren Kommentar von Helga. „Schöne Wörter" hat er nicht mehr gesammelt, das ist vorbei, endgültig. Natürlich hat er weiter auf „die Kleinen" aufgepasst, wenn die Mutter unterwegs ist. Und das ist sie oft.

Aber er hat nun „gemacht", nicht gelernt. Penunsen hat er gemacht, erst nur wenige, dann mehr. Immer am Rande der Legalität, manchmal auch jenseits davon. Das hat er schnell gelernt. Man muss nur ein bisschen cleverer sein als die anderen, das lehrt das Leben. Nicht Gedichte, nicht a + b zum Quadrat, nicht „Voulez vous …?", das bringt nichts. Wenn es einem gut gehen soll, braucht man Penunsen, Mammon, Moos. Kannste nennen, wie du willst, musste haben!

Und wenn ein Geschäft wichtiger ist als die Schule? Kann man nichts machen, geht man hin. Lässt Schule Schule sein!

Alles hat sich für Jupp geändert. Und das hat auch bedeutet, dass er mit den Zwillingen nicht mehr Autos gucken geht oder Steine in den Rhein schleudert, sondern dass sie ihm helfen. Und wie stolz sie darauf sind! Sie stehen Schmiere, wenn er das braucht, schlängeln sich durch enge Schlitze, um ihm dann die Türen zu öffnen, machen Räuberleiter, wann immer das nötig ist. Die Gummibärchen, mit denen er sie belohnt, schlingen sie herunter und gieren nach mehr. Martina ist da außen vor. Nie hilft sie ihm. Sie macht ihren Mädchenkram, von dem er nichts versteht. Die Gummibärchen isst sie auch. Leidenschaftlich isst sie die, für nix!

Nach der neunten Klasse hat er „sein Schifflein ins Leben gesteuert". So feierlich reden die doch immer, wenn man mit der Schule Schluss macht. Er hat genug gelernt. Was er jetzt noch braucht, können die ihm dort nicht beibringen, da hat er andere Lehrer nötig, nicht die studierten.

An immer mehr Geld ist er gekommen, aber das ist eine ganz andere Geschichte.

„Josef …", hörte er, weit weg, auf dem Grund seiner Erinnerungen.

„Hey", schreckte er jäh hoch und blickte nun wieder in die Mündung der Pistole.

Kapitel 7 (Raymonde Graber)

Oh nein, dachte Jupp gequält, sie ist es, wie lange war das schon her? Natürlich meinte er mit ‚sie' nicht die Pistole, welche inzwischen genau auf sein Herz zielte.

Er glaubte schon den Schmerz zu spüren, wenn die Kugel seine Brust durchschlagen würde.

„Warum? Was willst du? Wie hast du mich gefunden?", stammelte Jupp. Das Reden fiel ihm eigenartig schwer. Mehr Worte brachte er nicht zustande .... Ihm wurde schwindelig und seine Beine versagten. Er wankte, dann ging er langsam in die Knie. Die Frau, welche die Pistole auf ihn gerichtet hatte, kam näher. Sie sagte kein Wort, sondern nahm das Päckchen an sich, welches Jupp vorhin so freudig aus dem Wrack seines so geliebten Porsches gerettet hatte. Wo ist Schmitt-Vossen? Er muss mir helfen, dachte er noch, bevor eine Ohnmacht ihn erlöste.

Die komische Kiste warf sie arglos in den Dreck. Sie wickelte nur das Päckchen aus. Brauner marokkanischer Haschisch glänzte ihr entgegen. Ein Vermögen ...

„Das habe ich mir doch gedacht", raunte sie, „Drogen, immer wieder Drogen. Hauptsache, die Kasse stimmt, aber nun will ich auch meinen Anteil haben! Ich wollte nie etwas von deinen Drecksgeschäften wissen, aber ich habe mich anders entschieden. Eigentlich müsste ich dir danken, Bruderherz."

Martina hatte immer ein anständiges Leben geführt, bis ihr Angetrauter sich mit einer Jüngeren aus dem Staub gemacht hatte. Weil sie Geld brauchte für ihre Kinder, geriet sie in falsche Kreise. Am Anfang war es ihr etwas peinlich, so korrupt zu sein, aber mit der Zeit gewöhnte sie sich an das Luxusleben, das sie früher nie hatte. Martina warf einen letzten Blick auf den bewusstlosen Jupp und verschwand in der Dunkelheit der Nacht.

Anwalt Dr. Schmitt-Vossen fand keine Ruhe.

„Ich bin doch ein Feigling“, murmelte er, „aber was hätte ich denn tun sollen: mich erschießen lassen? Von wem eigentlich? Aber um Josef Stenzel tut es mir leid. Ich frage mich, was in dem Ding drin war, das er gesucht hat. Bestimmt hatte es mit Geld zu tun, für Geld würde mein Mandant alles tun. Aber nun ist er wahrscheinlich tot, eigentlich schade, er hat mich immer mehr als gut bezahlt. Aber wenn der Pleitegeier über jemandem schwebt, ist es aus.“

Ihm fiel nichts Besseres ein, als Elli Stenzel anzurufen. Aber das Telefon war besetzt, wie fast immer.

Auch Martina plagte das Gewissen: Sie rief im Krankenhaus an. „Auf dem Schrottplatz liegt ein bewusstloser Mann“, mehr sagte sie nicht. Es gab nur einen Schrottplatz in der Gegend, der war leicht zu finden, jeder kannte ihn.

So landete Josef Stenzel wieder auf der Intensivstation.

Dr. Gardawski war nicht anwesend, ein Notarzt nahm sich vorläufig seiner an. Aber die Krankenschwester, welche Jupp nicht leiden konnte, hatte Dienst. Jupp bekam von all dem nichts mit, er hatte einen Schlaganfall erlitten auf dem Schrottplatz. Seiner zähen Natur hatte er es zu verdanken, dass er überhaupt noch am Leben war. Es dauerte Tage, bis er plötzlich die Augen aufschlug, bewegen konnte er sich nicht.

„Wo bin ich?“ Schon wieder diese verdammten Schläuche, arbeitete es in seinem Kopf. Er hörte eine bekannte Stimme draußen auf dem

Flur. Dr. Gardawski, unterhielt sich mit jemandem. Aber hallo, das war doch die Stimme von Elli, seiner lieben Elli! Ach Elli, hilf mir, hol mich nach Hause, dachte er trotz dieser Schmerzen, welche in seinem Kopf einen Höllentanz aufführten.

Er hörte, wie Elli sagte: „Bist du sicher, dass Jupp halbseitig gelähmt ist? Das ist gut, dann könnten wir übers Wochenende nach Mallorca fliegen, ich will ans Meer. Für immer verschwinden können wir später immer noch ...“

Gardawski antwortete: „Ja, er kann nun nicht mehr aufstehen, es wird eine Weile dauern, falls überhaupt ...“

Die Stimmen entfernten sich. Jupp wollte klingeln, aber seine Hand gehorchte ihm nicht. Mit der anderen Hand kam er nicht an den Knopf heran. Er fing an zu fluchen. Seine Elli und dieser elende, aufgeblasene Doktor? Er geriet in Wut. Mit der beweglichen Hand stieß er den kleinen Tisch um. Durch den Lärm gestört eilte die Krankenschwester herbei.

„Wir müssen schön brav liegen bleiben, sonst wird der Onkel Doktor böse“, sagte sie barsch.

Hatte die blöde Kuh ‚Onkel Doktor‘ gesagt? Ich glaub, ich spinn! So nicht, nicht mit mir.

„Ich will den Doc sofort sprechen“, schrie er.

„Der ist außer Haus“, wurde Jupp belehrt. Sie gab ihm ein paar Tabletten und knallte die Tür hinter sich zu.

Jupp konnte nicht fassen, was er eben gehört hatte. Er gelähmt und Elli betrog ihn mit dem Arzt, dem er vertraut hatte nach dem Unfall.

Dann fingen die Medikamente an zu wirken, seine Augenlider schlossen sich. Er träumte von einem Strand am Meer. Er sah seine Elli mit dem Doktor dort turteln. Machtlos musste er zusehen, wie sie dem Doc den Rücken mit Sonnenmilch eincremte. Zwischendurch sah er seine Unterschrift, die unter einer Vollmacht stand ... Ein Alptraum, der nicht enden wollte.

Endlich Wochenende. Elli und Dr. Gardawski saßen im Flugzeug Richtung Mallorca. Die Flugbegleiterin brachte ihnen den Champagner, den sie bestellt hatten.

„Stoßen wir auf uns an, meine Liebe", sagte der Doc, nicht ohne der hübschen Flugbegleiterin hinterherzustarren. Elli merkte es nicht, sie war glücklich, sie lachte schallend, als ihre Gläser aneinander klirrten. Einige Passagiere sahen sich nach ihr um.

Auch ein Reporter war im Flugzeug. Er schoss einige Bilder, er kannte die Frau und den Mann nicht, war aber immer auf der Jagd nach Storys. Das war sein Job.

Gebräunt von der Sonne am Strand kam Elli mit dem Doktor nach drei erlebnisreichen Tagen wieder zu Hause an. Am liebsten wäre sie am Meer geblieben. Sie hatten eine Menge Spaß gehabt. Aber nun wurde das Leben wieder so langweilig wie vorher.

Sie zog ein luftiges Kleid an, dann stöckelte sie ins Krankenhaus. Sie musste Jupp besuchen, denn es würde ein schlechtes Licht auf sie werfen, wenn sie es nicht tun würde.

Ihr Mann schaute sie geknickt an, er liebte sie trotz allem.

„Gut siehst du aus", sagte er.

Sie lächelte ihn an. „Wie geht es dir denn? Hast du noch Schmerzen?" Sie kam näher und setze sich zu ihm aufs Bett. „Wenn ich hier herauskomme, dann wird alles anders", sagte Jupp. „Ruf doch bitte meinen Anwalt an, er soll zu mir kommen."

„Klar, wird erledigt. Hast du sonst noch einen Wunsch? Ich muss dann wieder gehen, ich habe einen Termin beim Friseur", sagte sie, ohne eine weitere Antwort abzuwarten.

Schmitt-Vossen erschrak, als er viele Tage später erfuhr, dass Josef Stenzel im Krankenhaus lag und ihn sprechen wollte. Sofort machte er sich auf den Weg.

„Ich dachte schon, Sie seien nicht mehr am Leben", sagte er zur Begrüßung.

„Darauf können Sie noch lange warten."

Jupp kam sofort auf das Geschäftliche zu sprechen. Er konnte schon seit einiger Zeit die gelähmte Hand wieder bewegen, das wusste aber niemand. „Ich möchte meine Schulden bezahlen." „Ich höre", sagte Schmitt-Vossen und zog seinen Stuhl näher zum Bett. Sein Freund Jupp hatte wohl nichts von seiner feigen Flucht mitbekommen, welch ein Glück!

„Sie werden es nicht glauben, aber meine Frau betrügt mich mit diesem Mistkerl Dr. Gardawski, das schon seit einiger Zeit. Ich liebe sie immer noch, aber ich lasse mir nicht so gerne Hörner aufsetzen. Auch habe ich kurz nach dem Unfall etwas unterschrieben, es muss eine Vollmacht gewesen sein. Ich war vollgestopft mit Medikamenten und hatte die Brille nicht in Reichweite. Ich bin überzeugt, dieser Doc verwahrt das Dokument hier in der Klinik. Was soll`s, ich habe für schlechte Zeiten vorgesorgt. In Liechtenstein habe ich Gold in einem Schließfach gebunkert: Wie jeder weiß, ist der Goldpreis gestiegen. Ich möchte nun einen Teil des Goldes verkaufen und damit meine Schulden tilgen."

„Herr Stenzel, ich fahre Sie natürlich gern nach Liechtenstein." „Gut, dann treffen wir uns morgen früh am Hinterausgang, so um 8 Uhr, dann habe ich schon gefrühstückt, hier will ich nicht mehr bleiben. Ich fürchte, dass ich von denen irgendwann vergiftet werde. Seit einiger Zeit nehme ich nur noch das Aspirin, die anderen Pillen schmeiße ich ins Klo. Die Physiotherapeuten hier sind wirklich gut. Die ersten Gehübungen haben besser geklappt, als gedacht. Ich benutze tagsüber den Rollstuhl, aber den brauche ich eigentlich nicht mehr. Mit einer Krücke komme ich ganz gut zurecht. Nachts mache ich Gymnastik, sobald die Nachtschwester nachgesehen hat, ob ich schlafe. So, nun wissen Sie Bescheid."

„Eine Frage habe ich aber noch: Wer wollte denn da auf dem Schrottplatz auf Sie schießen?"

„Ach, das war meine Schwester Martina, ihr war ich noch was schuldig, glaube ich, sie hätte es nicht fertiggebracht, mich umzubringen."

Er lächelte bei dem Gedanken an seine Familie von damals, auch seine Oma würde er niemals vergessen.

Alles hätte anders kommen können in seinem Leben, jetzt war er fest entschlossen, einiges daran zu ändern.

Jupp hatte sich in der Nacht schon parat gemacht, seine Kleider angezogen, dann den weiten Bademantel darüber verschnürt. Gemütlich trank er seinen Kaffee, aß ein frisches Brötchen und wartete dann, bis das Geschirr von dem Personal weggeräumt wurde.

Er fuhr unbemerkt mit dem Rollstuhl aus dem Krankenzimmer. Diesmal verzichtete er bewusst auf die Hilfsbereitschaft eines Klinikmitarbeiters. Nicht jedes Krankenhaus hatte ja eine nette Schwester Silvia. Das wurde auf die Dauer auch zu kostspielig. Niemand sah, wie Jupp mit dem Lift in den Keller fuhr. Dort ließ er den Rollstuhl stehen und ging mit Hilfe seiner Unterarmgehstütze leicht wackelig hinaus.

Sein Anwalt erwartete ihn bereits.

Die lange Fahrt bis nach Liechtenstein genoss er richtig.

Sehr freundlich wurde er in der Bankfiliale begrüßt. Einige Kilos an Gold machte er zu Geld. Einen Teil Bares ließ er auf ein geheimes Konto überweisen. Einen sehr großen Betrag steckte er jedoch ein.

„Gehen wir etwas trinken?", fragte Jupp Dr. Schmitt-Vossen, als er endlich aus dem Bankgebäude herauskam. Sein Anwalt nickte. Jupp bestellte ein stilles Wasser, es schmeckte ihm sogar.

Nun bezahlte er seinen Anwalt und Freund für seine Dienste.

Ein gutes Gefühl war es, noch eine Menge Moos zu besitzen, aber ihm war inzwischen doch klargeworden, dass man seine Gesundheit nicht mit Geld kaufen konnte. Er dachte plötzlich anders als früher, ja, er hatte Mitleid mit den Opfern, die in den Unfall, den er verursacht hatte, verwickelt worden waren.

„Ich möchte, dass jeder, der durch den Crash verwundet wurde, eine großzügige Entschädigung erhält. Kümmern Sie sich doch bitte darum!"

Sein Anwalt meinte, dass er damit noch warten solle, denn er wollte doch die Unschuld von Josef Stenzel beweisen, koste es, was es wolle.

„Nein", sagte Jupp, „ich will das erledigen."

Er ließ er sich vom Anwalt in ein Hotel bringen. Dort wollte er ein paar Tage ungestört den Krankenhausstress von sich abschütteln. Gepäck hatte er keins dabei. Er beauftragte ein Zimmermädchen, ihm das Nötigste zu besorgen.

Der Anwalt Dr. Schmitt-Vossen fuhr allein nach Hause zurück.

Jupp hatte sich vorgenommen, ein guter Mensch zu werden. Das Abendessen ließ er sich aufs noble Zimmer bringen. Es schmeckte ihm ausgezeichnet, kein Vergleich zu der faden Kost im Krankenhaus.

Jupp machte es sich auf dem Bett gemütlich, nachdem er sein Geld im Tresor eingeschlossen hatte. Seine Schmerzen waren wie von Geisterhand verschwunden. Ein Bild an der Wand, gemalt von einem jungen Künstler, sah er als Letztes. Dann fiel er in einen traumlosen, heilenden Schlaf.

Es klopfte an der Tür. Jupp wachte auf, sah sich im Zimmer um, es dauerte ein paar Sekunden, bis er sich erinnerte ... Im Krankenhaus hatte jedenfalls kein Mensch höflich angeklopft.

„Zimmerservice, Ihr Frühstück."

„Bitte stellen Sie es vor die Tür, ich hole es gleich."

Jupp streckte seine Glieder, er kam sich vor wie neugeboren. Er schlurfte auf den Gang, um das Tablett zu holen. Sehr appetitlich sahen die Speisen darauf aus. Er bereute seinen Entschluss nicht, auch seine Frau Elli vermisste er im Moment nicht.

„Irgendwann werde ich zu Hause auftauchen. Dann werde ich zeigen, wer der Herr im Haus ist", murmelte er, während er mit dem Messer ein Brötchen aufschnitt.

Nach genau zwei Tagen und zwei erholsamen Nächten kam ein Anruf von Anwalt Schmitt-Vossen persönlich.

Die Höflichkeitsfloskeln ließ er weg.

„Josef, Sie müssen sofort in Ihre Villa kommen, es ist etwas Schreckliches passiert", brüllte er mit zitternder Stimme in den Hörer seines altmodischen Telefons.

„Was gibt's, was ist los?", fragte Jupp gespannt, aber der Anwalt hatte schon aufgelegt. Hm, was soll denn so wichtig sein, dachte Jupp, oder war der Anwalt etwa gezwungen worden, ihn anzurufen? „Das kann ich nur herausfinden, wenn ich hier meine Zelte abbreche", murmelte er genervt. Nachdem er das Zimmer an der Rezeption bezahlt hatte, fragte er nach einem Autohändler im Ort. Er hatte Lust, ein neues Fahrzeug zu ergattern. Mit Automatik konnte er sicher wieder fahren und war unabhängig. Er fuhr mit einem Taxi hin. Der Hotelmanager hatte nicht zu viel versprochen. Jedem Autofan wären hier vor Entzücken die Augen nass geworden. Jupp ging auf einen schwarzlackierten Porsche Boxster S mit Automatik zu. Schon eilte ein Verkäufer herbei.

„Guten Tag, möchten Sie eine Probefahrt mit unserem neuesten Schmuckstück machen? Oder sehen Sie sich gerne noch etwas um!"

Jupp sah ins Innere des Porsche. Was er sah, gefiel ihm außergewöhnlich gut. „Ich will den Schlitten haben, machen Sie die Papiere fertig, ich warte solange."

Dem Verkäufer blieb der Mund offenstehen, dann nahm er den Ausweis, den Jupp ihm entgegenhielt und eilte ins Büro. So schnell hatte er in seinem ganzen Leben noch keinen so teuren Wagen verkauft. Er stellte einen provisorischen Versicherungsausweis her sowie die Rechnung.

„Bevor Sie fragen: Einen Führerschein habe ich nicht dabei." Dem Verkäufer war das völlig egal. Er erwartete einen Scheck, aber sein Kunde wollte bar bezahlen. Einige Bündel Tausendernoten wechselten den Besitzer. Ein Angestellter war schon dabei, die provisorischen Nummernschilder anzubringen. Der Verkäufer fuhr den Wagen aus dem Gebäude heraus.

Ein Lächeln huschte über das entspannte Gesicht des Käufers. Das Geräusch des Motors klang wie das Schnurren einer Raubkatze, es tönte wie Musik in seinen Ohren. „Ich liebe es", murmelte er. Er fühlte sich beschwingt wie noch nie.

Nach einer halben Stunde etwa fuhr Josef Stenzel mit dem frisch aufgetankten Porsche wie in einem unendlichen, nicht endenden Rausch Richtung Autobahn, nicht ahnend, was ihn zu Hause erwarten würde ...

Kapitel 8 (Christina Stöger)

Jupp brauste davon. Die Fahrt von Liechtenstein bis in den Ruhrpott verlief reibungslos. Keine Staus, vor denen er wirklich Angst hatte, keine Grenzkontrollen und auch keine Blitzer. Neuerdings hielt er sich peinlich genau an die Geschwindigkeitsbegrenzungen und ging kein erhöhtes Risiko ein. Er wollte nicht wieder in diesem Krankenhaus landen. Davon hatte er eindeutig die Schnauze voll. Und zwar gestrichen. Sein Körper hatte sich soweit erholt, dass er mit Hilfe der Automatik und sonstiger mechanischer Spielereien, die das Auto hatte und die er nur zu gut kannte, gegen Abend die Autobahn verließ und einige Zeit später in die kleine Straße, die zu seinem Haus führte, einfuhr. Den ganzen Weg hatte er sich darüber Gedanken gemacht, was sein Anwalt von ihm wollte. Diese knappe Aussage war so gar nicht seine Art. Normalerweise hatte er immer eine gute und eine schlechte Nachricht für ihn. Gab es dieses Mal nur die schlechte? Er fühlte sich um die gute betrogen. So lief das Spiel nicht. Wäre das hier ein Thriller, dann hätte er genau gewusst, wie das Ganze enden würde. Zum Schluss wären er und Elli sich in die Arme gefallen, hätten sich leidenschaftlich geküsst. Sie hätte ihm gesagt, dass alles nur ein Missverständnis war und sie ihn liebte, und er hätte ihr großzügig verziehen. Gemeinsam wären sie ans Meer geflogen und hätten den Arzt vielleicht sogar verklagt. Irgendetwas wäre ihm dazu schon eingefallen. Auch sein Anwalt hätte mit einem Zettel gewinkt und ihm erklärt, dass der Unfall nicht seine Schuld gewesen war und dass das eine Opfer aus dem Koma erwacht und auf dem Weg der Besserung wäre. Die anderen beiden hätten sich über eine großzügige Geldsumme gefreut und hätten ihr Leben wieder genießen können. Schmitt-Vossen wäre ihm um den Hals gefallen und hätte mit Stolz geschwellter Brust erklärt, dass jemand seine Bremsen manipuliert hatte und dass dieser Jemand bereits hinter Gittern saß. Ganz legal und ohne viel Kohle. Alles wäre gut gewesen. Nahezu perfekt. Doch das hier war keiner der Romane, die er in seiner knappen Freizeit so gerne las. Dies hier war die bittere Realität und er wusste nicht, ob es jemals zu einem glücklichen Ende kommen würde. Vielleicht würde er auch sterben? Vielleicht sogar schon bald? Diesen grausamen Gedanken schüttelte er ab, während er langsam auf die Villa zurollte. Irgendwie hatte er Angst.

„Sei kein Feigling!", sprach er seinem unrasierten und von den Strapazen der letzten Wochen übermüdeten Gesicht, das er im Rückspiegel betrachten konnte, Mut zu. „Du bist kein Angsthase. Du bist ein großer Junge und wirst das schon wuppen."

Gerade als er in die Auffahrt einbiegen wollte, begann es zu regnen. Ein greller Blitz zerriss die grauen Wolken über ihm und in diesem Augenblick sah er einen schwarzen Polo, der mit ausgeschalteten Scheinwerfern, am Straßenrand stand. Eigentlich nichts Ungewöhnliches. Doch irgendetwas stimmte nicht. In dieser Gegend gab es keine Kleinwagen. Nur protzige Kisten, so wie seinen Porsche. Dieser würde hier nicht auffallen. Doch was war mit dem Polo? Saß dort jemand drin? Der Regen war so dicht, dass er es nicht mit Bestimmtheit sagen konnte. Eine innere Stimme, ein Grummeln in seiner Magengegend, sagten ihm, dass hier etwas nicht mit rechten Dingen zuging. Ganz und gar nicht. Er fuhr noch etwas langsamer, bremste dann ab und legte den Rückwärtsgang ein. Sollten das ein paar Schlägertypen sein, dann würden sie ganz bestimmt nicht in einem Polo sitzen. Auch die Polizei besaß solche Wagen nicht. Eher dunkelblaue BMWs oder Audis. Als er das Nummernschild sah, zuckte er zusammen: Hamburger Kennzeichen. Martina? Mari? War sie das vielleicht? Wollte sie das nachholen, was sie neulich versäumt hatte? Ein kalter Schauer lief über seinen Rücken. Er wechselte auf D, um wieder vorwärts zu kommen. Gerade als er im Begriff war, das Gaspedal durchzudrücken, um schnellstmöglich Zuflucht in der Villa zu suchen, wurde plötzlich die Seitentür geöffnet und eine nasse Person ließ sich neben ihn auf den Beifahrersitz fallen. Das Wasser lief an ihrem Kapuzenpulli entlang und versaute ihm den Sitz seines neuen Autos. Allerdings war das gerade nebensächlich. Was war nur mit ihm los? Normalerweise verschloss er grundsätzlich die Türen, wenn er langsam fuhr oder an einer Ampel stand. Warum dieses Mal nicht? Noch nie war ihm so etwas passiert. Warum heute? In seinen Schläfen pochte es und sein Magen rebellierte. Würde er für diesen Fehler bezahlen müssen?

Die Person, die sich neben ihn gesetzt hatte, war tatsächlich seine Schwester. Das bemerkte er in dem Moment, als sie sich die nasse Kapuze vom Kopf streifte und ihn freundlich anlächelte. Sie lächelte? Keine Knarre? Keine Drohungen? Was war das hier: ‚Versteckte Kamera‘? Hatte sein Anwalt davon gewusst und ihn deswegen her zitiert?

„Hey, Jupp. Na, alles klar bei dir?“

Martinas Stimme war hell und klang freundlich. Nur die dunklen Ränder um ihre ehemals so wunderschönen Augen straften ihre Worte Lügen.

„Was willst du?“, antwortete er barsch. „Heute mal keine Knarre dabei? Nicht vor, mich umzubringen?“ Sarkasmus tropfte aus seinen Worten, gemischt mit einem Zittern, das seine Anspannung verriet.

„Herrje, Jupp, Brüderchen“, begann sie und seufzte auf. „Ich hätte dir doch niemals etwas angetan. In unseren Adern fließt doch das gleiche Blut.“

„Ach ja? Davon habe ich aber in den letzten Jahren nicht viel gemerkt. Wo warst du, als wir noch Kinder waren? Da hast du mich
alleine gelassen, wolltest nichts von mir wissen. Oder als ich bis zum
Hals in der Scheiße saß. Wo warst du da? Hast mit deinem Mann auf
heile Welt gemacht und nicht mal eine Sekunde für mich übrigge-
habt." Er spuckte ihr die Worte regelrecht vor die Füße. Dabei rissen
alte Wunden in ihm auf, von denen er nie gedacht hätte, dass sie
noch so schmerzten. „Ich hätte dich gebraucht, Mari. Wenn schon
unsere Mutter nicht für uns Kinder da gewesen war …", fügte er etwas leiser und mit belegter Stimme hinzu. Er merkte, dass er in die
Vergangenheit abdriftete und unterbrach sich sofort. Die war in diesem Augenblick sein kleinstes Problem. Nervös fuhr er sich mit seiner
linken Hand über sein stoppeliges Kinn und starrte Mari mit heraus-
forderndem Blick an. Was, zum Teufel, wollte sie jetzt von ihm?
„Ich weiß, Jupp. Und es tut mir schrecklich leid. Ich habe auch keine
Ahnung, wie das alles so weit kommen konnte. Dabei habe ich dich
so sehr geliebt. Und liebe dich noch immer."
In ihren Augen standen plötzlich Tränen und er spürte ihre Hilflosig-
keit fast körperlich. Was sollte er jetzt tun? Ihr glauben? Sprach sie
die Wahrheit oder wollte sie ihn nur besänftigen? Sollte er sie aus
dem Auto werfen? Vielleicht gar keine so schlechte Idee. Einfach die
Vergangenheit entsorgen und sich weiterhin Gedanken über seine
Zukunft machen. Jedoch regnete es noch immer in Strömen. Blitze
zuckten über den Himmel, in deren sekundenhellem Licht er ihre
Augen sehen konnte, gefolgt von heftigen Donnerschlägen, die sein
Herz noch schneller schlagen ließen. Er hasste Gewitter! Schon als
Kind hatte er sich angstvoll unter der Bettdecke versteckt, wenn die
Welt aus den Fugen geriet. Das hatte sich bis heute nicht geändert.
Nicht nur deswegen, waren seine Nerven bis zum Zerreißen ge-

spannt. Sollte er sie vielleicht in seine Arme nehmen und ihr alles verzeihen? Hier und jetzt? Einen Schlussstrich ziehen? Nein! Ganz bestimmt nicht. Dazu war zu viel passiert und zu viele Fragen waren noch offen. Also entschloss er sich dazu, weder in der Vergangenheit zu bohren noch über die Zukunft nachzudenken, sondern herauszufinden, warum sie ausgerechnet in diesem Moment neben ihm saß.

„Sag mir endlich, was du von mir willst!", zischte er wütend und Mari zuckte sichtlich zusammen. Damit hatte sie scheinbar nicht gerechnet. Ihre Tränen versiegten ebenso schnell, wie sie gekommen waren. Also doch nur Schauspielerei?

„Ich will dir helfen, Brüderchen", sagte sie mit fester Stimme und blickte ihm in die Augen. Ein Blitz zerriss die Dunkelheit.

„Ach was? Wie denn? Willst du mir die Drogen zurückgeben, die du mir auf dem Schrottplatz gestohlen hast? Woher wusstest du eigentlich, dass ich da sein würde?" Ein Donner unterstrich seine Frage, und tausend Gedanken drehten sich in seinem Kopf. Die Schmerzen, die so lange Ruhe gegeben hatten, bahnten sich langsam einen Weg zurück an die Oberfläche. Na super. Genau das, was er jetzt brauchte.

„Warum ich dort war, das tut nichts zur Sache. Das erkläre ich dir vielleicht später. Jedoch weiß ich, dass du keine Schuld an dem Unfall trägst. Und ... ich habe Beweise." Ihre Stimme klang triumphierend und ein wenig stolz.

„Und das soll ich dir glauben? Einfach so? Was willst du für deine angebliche Hilfe? Geld? Ruhm? Ehre? Das kannst du aber sowas von vergessen, Schwesterchen." Nun kochte er vor Wut. „Verschwinde aus meinem Wagen und lass mich in Ruhe!" Seine Stimme bebte und seine Nasenflügel hatten sich gebläht. Beinahe hätte er ihr eine Ohrfeige verpasst. Die Dreistigkeit ihrer Lüge überforderte ihn maßlos. Woher sollte ausgerechnet sie die Wahrheit kennen? Was trieb sie nur für ein falsches Spiel? Ein erneuter Blitz ließ ihn erstarren. Das Gewitter musste nun genau über ihnen sein. Aus Dunkel wurde Hell, und seine Überlegungen folgten. Was wäre, wenn sie doch die Wahrheit sprach? Er kannte sie und ihr Leben nicht. Was, wenn er mit diesen Sätzen sein eigenes Todesurteil unterschrieben hatte? Was, wenn sie jetzt beleidigt abziehen würde und er nie herausfinden würde, ob sie nicht vielleicht doch …

„Nein. Ich will kein Geld. Jedenfalls nicht für die Info, die ich dir geben werde. Außerdem bin ich nur die Überbringerin. Wenn du mir vertraust und aus deiner Lage herauskommen willst, dann …“ Ihre letzten Worte wurden vom Donner verschluckt, während sie sich die Kapuze wieder über den Kopf zog. Flink öffnete sie die Beifahrertür und flüsterte ihm zu: „… dann folgst du mir, sobald du deinen Wagen versteckt hast. Mit dieser protzigen Karre fällst du echt überall auf. Also lass sie verschwinden und komm dann zu dem Polo, wenn du dich bei diesem Unwetter traust.“ Die letzten Worte hatte ein Schmunzeln begleitet. Ohne seine Antwort abzuwarten, verließ sie den Wagen und eilte mit eingezogenem Kopf durch den Regen auf ihr Auto zu. Jupp war so perplex, dass er noch nicht wusste, was er davon zu halten hatte. Sollte er ihr vertrauen und ihr folgen? Immerhin war sie seine Schwester. Was hatte er schon zu verlieren? Sie saß bestimmt nicht mit den Männern in einem Auto, die ihn vor nicht allzu langer Zeit versucht hatten umzubringen. Oder doch? Verdammte Hacke! Er hämmerte mit seiner gesunden Hand auf das Lenkrad ein. Minuten verstrichen, in denen Misstrauen und Neugier gegeneinander kämpften, bis schließlich Letztere gewann. Er lehnte sich in seinem weichen Ledersitz zurück, atmete einige Male tief durch und setzte den Wagen in Gang. Er musste einfach wissen, was sie ihm zu sagen hatte. Außerdem war das Gewitter weitergezogen und er beschloss, dem Wink des Himmels – oder des Schicksals oder des Kaffeesatzes, den er heute Morgen im Hotel noch betrachtet hatte, was wusste er schon über diesen esoterischen Scheiß – zu folgen. Er hatte einfach keinen Grund mehr, ihr nicht zu folgen. Nachdem er sein Auto einige Meter weiter am Straßenrand um die Ecke abgestellt hatte, humpelte er, so schnell es ihm ohne Krücke möglich war, auf den schwarzen Polo zu. Er wollte beide Hände frei haben, daher hatte er seine Gehhilfe im Wagen zurückgelassen. Wer wusste schon, was gleich passieren würde? Schwungvoll öffnete er die Beifahrertür des Kleinwagens und ließ sich schnaufend auf den Sitz fallen. Ebenso, wie Mari es vor einiger Zeit bei ihm gemacht hatte. Das schnelle Gehen bereitete ihm noch immer Mühe, doch das Adrenalin in seinen Adern war in diesem Moment ziemlich hilfreich.

„Rede! Ich bin hier", schoss es aus ihm heraus, noch bevor er die Tür ganz geschlossen hatte.

„Hey, Jupp. Schön, dich zu sehen." Diese Stimme …? Jupp fuhr erschrocken zusammen und drehte sich dann ruckartig in seinem Sitz herum. Ein leichter Schwindel überkam ihn und sein Magen krampfte sich zusammen. Natascha.

„Natascha? Du hier …? Aber was …?", stotterte er, als er in die wunderschönen Augen der jungen Frau, der er vor knapp einem Jahr das Leben gerettet hatte, blickte. Gut, nicht nur er allein, aber er war dabei gewesen und hatte sie auch weiterhin unterstützt, bis sie sich aus den Augen verloren hatten. Sein Herz setzte für einen Schlag aus, um dann umso schneller weiterzuschlagen. Wie schön sie doch war. Selbst in diesem Augenblick fiel es ihm auf. Diese weichen Lippen, die ein Lächeln umspielten, als sie ihre feingliedrigen Finger auf seine Schulter legte. Die strahlenden, großen Augen, die ihn belustigt musterten und auch ihre sanfte Stimme, mit der sie zu ihm sprach: „Ja.

Ich bin hier, um dir zu helfen. So, wie du mir damals geholfen hast. Ich weiß, wer deine Bremsen manipuliert hat. Und … ich habe die DVD, die du brauchst, um ihn auffliegen zu lassen. Na, was sagst du?"

Ihr Lächeln war noch eine Spur breiter geworden.

„Woher …?"

„Woher ich die habe? Na, vom Schrottplatz. Aus deinem Auto. Woher sonst? Martina hat sie mir gegeben. Scheinbar hast du dort sogar meine Handynummer notiert. Normalerweise hätte ich dich dafür umgebracht, aber in diesem Fall hast du echt Schwein gehabt." In Jupps Kopf drehte sich alles. Er hatte was? Niemals hätte er so etwas getan. Er hatte die DVD noch nicht einmal beschriftet. Doch darauf wollte er jetzt nicht eingehen, denn Martina wedelte in genau diesem Moment mit der Plastikhülle, in der sich die silbern glänzende Scheibe befand, vor seinen Augen herum.

„Jetzt lassen wir die Pisser hochgehen, Brüderchen. Sie sollen dafür bluten, was sie dir antun wollten. Angetan haben. Sie werden für alles bezahlen, diese Schweine!"

Martina hatte sich in Rage geredet und nun legte Natascha ihr die andere Hand beruhigend auf die Schulter.

„Ganz ruhig. Alles wird gut. Jetzt gehen wir erst einmal in die Villa. Schmitt-Vossen wartet bestimmt schon auf uns."

„Mein Anwalt?! Was hat er mit der ganzen Sache zu tun? Und warum treffen wir uns in der Villa? Warum …"

„Das wird sich bestimmt gleich alles aufklären. Nur so viel vorab: Ich habe ihn angerufen. Vor zwei Tagen. Um mich nach deinem Befinden zu erkundigen. Ich hatte echt Angst um dich." Zu Recht, dachte Jupp. Hattest ein schlechtes Gewissen, was? Hätte ja auch abkratzen können auf dem scheiß Schrottplatz. Doch er sagte kein Wort, sondern hörte ihren Erklärungen weiter zu. „Ja, und da hat er mir eben erzählt, dass du in Liechtenstein bist."

„Freiwillig? Einfach so?" Jupp hatte sich ihr zugewendet und zog nun eine Augenbraue hoch. Noch glaubte er ihr kein einziges Wort. Die Innenbeleuchtung des Wagens brannte zwar schwach, jedoch konnte er ihr Gesicht klar erkennen.

„Nein. Erst, nachdem ich ihm von der DVD erzählt hatte und ihm sagte, dass es mir leidtut, was ich euch angetan habe." Sie klang wirklich zerknirscht.

„Und weiter?"

„Dann hat er gesagt, dass er dich anrufen wird und dass wir uns in der Villa treffen wollen, heute Abend. Ich wollte dir aber alles lieber vorher erzählen. Ich traue ihm nicht wirklich, weißt du?"

Jupp lachte innerlich auf. Wie bitte? SIE vertraute IHM nicht? Dem einzigen Mann, der immer und in jeder Lebenslage zu ihm gehalten hatte? Das sollte doch wohl ein Witz sein.

„Ja, und ich habe ihn scheinbar kurz danach angerufen", erklang Nataschas Stimme von der Rücksitzbank. „Ich hatte mich bereits einmal mit ihm in Verbindung gesetzt und ihm von der DVD erzählt. Allerdings mit verstellter Stimme. Mein russischer Dialekt war wirklich gelungen." Sie kicherte und fuhr dann fort: „Mich hat er ebenfalls heute hierher bestellt. Und so traf ich auf Martina und ... nun sind wir hier." Nachdem sie geendet hatte, herrschte für einige Zeit Schweigen. Jupp war sich in diesem Moment nicht mehr sicher, wem er überhaupt noch vertrauen konnte, wer sein Freund und wer sein Feind war. Noch vor einem Monat hatte er friedlich in seiner Villa gelebt, hatte seine Frau Elli geliebt und Millionen gescheffelt. Was war nur passiert? Dieser verdammte Unfall hatte so viele Leben zerstört, hatte Unglück über eine Menge Leute gebracht und Zweifel beschert. Er hatte die Vergangenheit aufgewühlt und seine Zukunft verschleiert. Warum, zum Teufel? Genau um das herauszufinden, klatschte er mit der flachen Hand auf das Armaturenbrett des Polos und die Damen zuckten erschrocken zusammen.

„Na, dann lasst uns gehen und hören, was der Herr Anwalt zu sagen hat." Das Gewitter hatte sich inzwischen gänzlich verzogen und nur noch leichter Nieselregen fiel zu Boden. So wurden sie nicht vollkommen durchnässt, während sie die Einfahrt zur Villa hochgingen. Jupp, der von beiden Frauen gestützt wurde, da sein Bein wieder zu lahmen begonnen hatte, öffnete mit seiner Chipkarte die Haustür und gemeinsam traten sie in die große Eingangshalle.

„Schmitt-Vossen", rief er, „wo sind Sie?" Irgendwie tat er sich noch immer schwer, seinen Freund zu duzen. Sie hatten es in letzter Zeit ein paarmal versucht, doch es passte einfach nicht. Und gerade jetzt wollte es schon gar nicht über die Lippen kommen.

„Jupp! Hier! Im Wohnzimmer. Komm rüber", hörte er da die vertraute Stimme und zu dritt durchquerten sie die Eingangshalle.

Kapitel 9 (Undine Klipstein)

Jupp?

Wieso nannte Schmitt-Vossen ihn beim Vornamen?

Seit wann waren sie beide beim ‚Du' angelangt? Schmitt-Vossen hatte sich doch immer noch schwerer damit getan als er selbst. Und wieso war er hier im Haus? Wenn Elli ihn hereingelassen hatte, dann …

Ein stechender Schmerz schoss durch Jupps Schädel und beendete abrupt seinen Gedankenfluss. Er schloss die Augen und beugte sich leicht vornüber. Natascha und Martina waren vorangegangen, hatten bereits die Wohnzimmertür erreicht, als Jupp ein leises "Halt!" von sich gab.

Zu spät.

Natascha und Martina betraten den Raum und wurden rücklings überwältigt. Die Frauen kreischten und strampelten kurz, bevor sie fachmännisch zur Ruhe gebracht wurden.

Jupp erging es ähnlich. Ein harter Gegenstand wurde an seinen Rücken gedrückt. Eine massige Hand ergriff seine Schulter und eine schmatzende Stimme befahl ihm, ganz langsam ins Wohnzimmer zu gehen. Der Typ kaut pausenlos auch beim Sprechen auf irgendwas herum. Schnell hätte Jupp den Weg dorthin eh nicht geschafft. In seinem Zustand. Er war ein Wrack. Vorhin in seinem neuen Porsche, da hatte er sich gut gefühlt. Die Geschwindigkeit hatte ihm ein Stück Selbstwertgefühl zurückgegeben. Jetzt schlich er leicht gebückt und mit verzerrtem Gesicht zum Wohnzimmer. Musste dieser Typ so grob zufassen? Er war ein geschwächter Mann, der genug erlitten hatte.

Dieses harte Teil in seinem Rücken, diese massige Hand auf seiner Schulter, mein Gott, wann hörte dieser Albtraum endlich auf?

Das Bild, das sich Jupp im Wohnzimmer bot, war jämmerlich: Schmitt-Vossen saß gefesselt auf dem wuchtigen Ledersofa, sein Gesicht zeigte Spuren von Gewalt. Trockenes Blut klebte an seinem Kinn. Wo war nur seine von ihm so gepriesene Deckung geblieben? Hatte seine Strategie, den Gegner erst in Sicherheit zu wiegen und dann vorzuschnellen, diesmal nicht funktioniert?

Was spielte sich hier, in seinen eigenen vier Wänden, eigentlich ab? Er hatte die Kontrolle über sein Leben gänzlich verloren. Alles nur noch ein schlechter Film, in den er hineingestolpert, besser gesagt: ungebremst hineingerast war. Doch welcher der zwielichtigen Typen, die er mit Hilfe einer DVD in die Enge getrieben hatte und sich somit selbst stets ein lukratives Geschäft einverleiben konnte, war zu so perfiden Ausbrüchen in der Lage? Der Name! Warum hatte er Natascha nicht direkt nach dem Namen gefragt. Junge, du lässt nach, rügte er sich selbst. Wo waren sein Spürsinn geblieben, seine Cleverness? Irgendwo verloren beim Aufprall auf das Stauende, zurückgeblieben in dem Metallhaufen, der einmal sein geliebter Porsche gewesen war, der nun nur noch auf die Schrottpresse wartete?

An den Haaren gefasst kauerten die beiden Frauen mit verzerrtem Gesicht, eine rechts und eine links neben dem Anwalt. Zwei Halbaffen, die Jupp aus seiner Rotlichtzeit nur zu gut kannte, die sogar seinem damaligen Nobelschuppen als Türsteher gute Dienste geleistet hatten, fanden Gefallen daran, der Weiblichkeit ihre Macht zu demonstrieren, indem sie immer wieder die gegriffenen Haare ruckartig strafften. „N-u-n!", dröhnte die schmatzende Stimme hinter Jupp. „Was glaubst du wohl, was wir hier tun? He!"

Der harte Gegenstand bohrte sich schmerzhaft in seinen Rücken. „Wie sagt dein Herr Anwalt doch immer so passend? Es gibt eine gute und es gibt eine schlechte Nachricht. Welche möchtest du zuerst? He, nun sag schon!"

Jupp schrie auf vor Schmerz. Die massige Hand des Widersachers, auf seiner Schulter ruhend, hatte den Druck verstärkt.

„Ich verstehe dein Gejammer nicht. Kannst du bitte etwas deutlicher sprechen", befahl die Stimme hinter ihm.

„Die ... schlechte ... erst!", stammelte Jupp.

„Gut, so soll es sein. Dir wird ja wohl nicht verborgen geblieben sein, dass man dir nach dem Leben trachtet. Nun, leider, wie soll ich es dir nur sagen?" Hämisches Lachen drang an Jupps Ohr. „Nun, nicht nur wir wollen dir an die Wäsche. Wobei ich sagen würde, wenn wir von Anfang an die Drähte hätten ziehen können, wäre dir und auch uns so manches erspart geblieben. Aber ich möchte uns hier nicht zu sehr loben. Du kennst unsere Kreise gut genug und bist dir auch bewusst, wenn wir etwas beginnen, dann bringen wir es auch zu Ende. Das sind wir unseren Bossen schuldig. Nur dein kleines Weiblein ist nicht ganz so schusselig, wie du immer dachtest. Aber ich glaube, so langsam hast selbst du sie durchschaut. Weißt du, ich würde ja eher sagen, dass du der Schussel bei der ganzen Sache bist. Hast du die Devise von früher vergessen? Gib einer Frau nur so viel Spielraum, dass du jeden ihrer Schritte kennst!" Ein Schmatzen, glucksendes Schlucken. „Nun, Jupp, das hast du bei deiner Elli wohl versäumt. Dein kleines schnuckeliges Kätzchen hat sich zu einer sibirischen Raubkatze gemausert. Leider hat sie nur ein paar klitzekleine Fehler gemacht. Kennst das doch: Wer einmal Blut leckt, der will mehr, wird unvorsichtig." Wieder dieses Schmatzen. Unangenehmer Zeitgenosse, schoss es Jupp durch den Kopf. Keine Manieren. „Nun genug der

Erklärungen, denn du wolltest ja die schlechte Nachricht hören. Wir brauchen etwas, das du hast. Und wir werden es bekommen, egal wie.“

„Und die … gute?“, stammelte Jupp.

„Deinem Weiblein wird es nicht gelingen, mit diesem Weißrock die Biege zu machen. Wir haben ein wunderschönes Foto von einem geldgierigen Journalisten, das uns einige Geldpölsterchen verschaffen wird, bevor wir ihr die Krallen ziehen.“

Jupps Magen krampfte sich zusammen und im hohen Bogen ergoss sich ein Schwall übelriechender Flüssigkeit in den Raum.

„Du Schwein!“, schrie die schmatzende Stimme hinter ihm. Jupp wurde durch den Raum gestoßen und landete unsanft auf dem Wohnzimmertisch.

„Los, wo ist die DVD? Ich habe hier schon viel zu viel Zeit vergeudet.“

„Im Auto“, rief Natascha panisch. „Im Auto.“

„Welches Auto?“, fauchte der Rädelsführer sie an.

„Der schwarze Polo. Hamburger Kennzeichen.“

„Wenn du uns hier Mist erzählst, weißt du, was dir blüht, oder?“ Natascha wurde unsanft an den Haaren nach hinten gezogen.

„Ja, ich weiß!“, schrie sie auf.

„Gut, dann, Herr Dr. Schmitt-Vossen, wenn Sie bitte Ihren Arsch erheben und uns zum Auto begleiten würden. Wenn wir keine DVD finden, mein Täubchen, kannst du dir ja sicher vorstellen, was passieren wird, oder?“ Fett grinsend beugte sich der Rädelsführer über sie. Schweißgeruch stieg ihr in die Nase. Natascha schloss die Augen.

„Wenn wir mehr Zeit hätten, würde ich mich gern genauer mit dir befassen, mein Täubchen.“ Sein Gesicht näherte sich dem ihren. Er blies ihr seinen stickigen Atem entgegen, bevor er sich abwand.

„Los, dann wollen wir mal!“

Dem Anwalt wurde helfend unter die Arme gegriffen. Als die Haustür ins Schloss fiel, wanderten fragende Blicke zwischen Martina, Natascha und Jupp hin und her. Die zwei Halbaffen standen statuenhaft hinter den Frauen, in ihren Händen immer noch straff gehalten die Haare von Martina und Natascha.

Die Zeit schien still zu stehen. Jupp lag auf dem Wohnzimmertisch. Sich von dort fortzubewegen, erschien ihm zu gefährlich. Er wollte den Frauen keine weiteren Schmerzen zumuten. Eine skurrile Szenerie, die sich hier in diesem Raum, der für schöne Abende mit seiner Elli und einige seiner Freunde gedacht war. Elli, was hast du nur gemacht? Mein Augenstern, du warst doch alles für mich. Du warst das Sahnehäubchen auf meinem Leben. Ein kaum hörbarer Seufzer entwich aus seinem Mund. Nun war die Sahne sauer geworden, alt, ranzig, bitter.

„Bindet sie zusammen. Die erledigen wir später.“

Eine klare Ansage an die zwei Halbaffen. Jupp wurde zwischen die beiden Frauen gesetzt und alle drei mit Schnüren aneinandergefesselt.

Die Haustür fiel ins Schloss. Lange blieb es still. Die Frage, ob sie wirklich allein waren, hing im Raum. Es konnte auch ein Schachzug sein, durch welchen sie zum Reden gebracht werden sollten.

„Wo ist eigentlich der Herr Anwalt?“ Es war Martina, die diese Stille zwischen ihnen auflöste.

„Haben sie bestimmt als Geisel mitgenommen!“, erwiderte Natascha.

„Wieso solltet ihr euch hier mit dem Anwalt treffen? Habt ihr euch das eigentlich mal gefragt?“ Jupp schaute abwechselnd in fragende Gesichter. „Dies hier ist mein Haus. Hoffe ich jedenfalls, vielleicht hat es ja schon ... Egal. Also Herr Schmitt-Vossen ruft mich an und sagt, ich müsse schnell kommen, es sei etwas Schreckliches passiert. Euch bestellt er auch hierhin, warum?"

„Ich habe dir gesagt, dass ich ihm nicht traue." Martina schaute ihren Bruder mit funkelnden Augen an.

„Aber dir soll ich trauen!? Du machst dich aus dem Staub. Lebst dein super Leben in Hamburg und plötzlich stehst du mit einer Pistole vor mir. Ich glaube, da wären ein paar Erklärungen angebracht, oder?", schnaubte Jupp zurück.

„Sorry, wenn ich mich einmische. Aber sollten wir nicht lieber versuchen, von hier wegzukommen? Ich möchte ungern auf die Rückkehr dieser Typen warten. Ich habe eigentlich noch etwas vor mit meinem Leben. Ihr nicht?" Natascha blickte die beiden auffordernd an.

Gemeinsam versuchten sie ihre Fesseln zu lösen. Es schien unmöglich, doch Nataschas Beharrlichkeit zahlte sich aus. Ihre Fesseln lockerten sich. Bald waren Jupp und Martina befreit. Sie verließen das Haus, hasteten über den Kiesweg zurück zur Straße. Nun ja, mit Jupps lädiertem Körper war das Hasten eher ein Versuch, diesen Ort schnellstmöglich zu verlassen. Untergehakt bei den beiden Frauen humpelte er so schnell es ihm möglich war.

„Ich fahre mit dir", erklärte Natascha eilig, hakte sich bei Jupp unter und verschwand mit ihm in der Dunkelheit.

Martina schaute den beiden kopfschüttelnd hinterher, dann wandte sie sich ihrem Auto zu. Die Scheibe an der gewaltsam geöffneten Beifahrertür ihres Polos war eingeschlagen. Überall lagen Glasscherben herum. Sie knallte wütend die Tür zu, bevor sie an der Fahrerseite in ihren Polo stieg und tief durchatmete. Das Handschuhfach war durchwühlt worden. Sie griff unter ihre Jacke, die auf der Rückbank lag und mit welcher sie die DVD abgedeckt hatte. Sie war weg.

So hatte Martina sich das hier alles nicht vorgestellt. Sie sollte eigentlich nach Hause fahren, aber sie war schon zu tief in all dies verstrickt. Warum hatte sie sich nur Elli anvertraut?

Natascha genoss es sichtlich, neben Jupp in einem tollen Schlitten zu sitzen. Gekonnt wendete Jupp seinen Porsche und brauste die Straße entlang. Er ließ kurz die Scheinwerfer aufblinken, als er sich dem schwarzen Polo näherte. Martina startete den Wagen und folgte ihrem Bruder. Es wurde kalt im Innern des Polos. Der Wind fegte ins Wageninnere. Gut, dass das Gewitter vorüber war. Martina wollte sich nicht ausmalen, wie ihre Fahrt mit kaltem Wind und Regen verlaufen würde.
Wohin ihr Bruder unterwegs war, konnte sie nicht wissen. Sie hatten nicht darüber gesprochen, aus Angst, man könne sie belauschen und auch einfach so, aus der Situation heraus. Vielleicht wusste Jupp auch gar nicht, wohin er fahren sollte?
„Wo fahren wir eigentlich hin?“, wollte Natascha wissen und strich sanft über Jupps Bein.
„Ich habe da ein Hotel für gewisse Fälle!“
„Das hört sich ja spannend an!“, säuselte Natascha.
„Nicht, was du meinst. Mir ist wahrlich nicht der Sinn nach ... Ach, lassen wir das bitte, ja?“
„Sorry, wollte dir nicht auf die Pelle rücken. Einfach nur ein bisschen die Stimmung anheben.“
Natascha drehte demonstrativ ihren Kopf zum Fenster und starrte in die Dunkelheit.
„Wenn du etwas zur besseren Stimmung beitragen willst, dann würde mich sehr interessieren, warum du die DVD im Auto gelassen hast. Wir wollten doch mit meinem Anwalt die ganze Sache aufklären!“

„Jupp, ich hatte plötzlich ein ungutes Gefühl. Martina vertraut deinem Anwalt nicht. Warum, das hat sie mir nicht gesagt. Aber da gibt es irgendwas. Sie hat es nur angedeutet.“

„Was denn bitte?“

„Na, irgendwas bei dem Telefonat halt. Frag sie doch gleich selber.“

„Und warum sind wir dann eigentlich da reingegangen, wenn doch ihr beide Zweifel hattet?“

„Dir zuliebe. Wir wollen dir doch wirklich helfen.“ Wieder glitt ihre Hand über Jupps Bein.

„Natascha, lass es bitte!“

Gekränkt drehte sie sich wieder dem Seitenfenster zu. Schweigsam legten sie die nächsten fünf Minuten zurück.

Dann war es Jupps Stimme, die die Stille durchbrach.

„Natascha, mein Leben ist seit dem Unfall total aus den Fugen geraten. Ich weiß nicht mehr, was ich machen soll. Wem kann ich noch trauen? Weißt du, dass auch ich gezweifelt habe, ob dieser Treffpunkt eine Falle sein könnte? Leider zu spät. Da waren wir schon im Haus. Mein Anwalt hat mich noch nie geduzt, außer mal aus einer fröhlichen Laune heraus. Ebenfalls fand ich es äußerst seltsam, dass er schon im Haus war.“

„Jupp, pass auf, es ist Rot!“, hörte er Natascha schreien.

Schnell trat er auf die Bremse und sein Wagen blieb kurz hinter der Haltelinie stehen.

„Weißt du, was mir sehr helfen würde?“, fragte er und wandte sich Natascha zu.

„Was denn?“

„Der Name desjenigen, der mir an die Wäsche will.“

„Aber ohne die DVD kommst du nie an den ran!“, erwiderte Natascha.

„Wie hat mein Anwalt immer so schön gesagt: Aus einer starken Deckung heraus habe ich meine Gegner mit einer einzigen Serie zu Boden geschlagen. Er war ein erfolgreicher Boxer, musst du wissen.“

„Jupp, das hier ist kein Boxkampf.“

„Das weiß ich wohl. Aber ich weiß auch, dass meine Elli ihre zarten Finger im Spiel hat. Sie hat meinen Suizid vorgetäuscht, hat mich in die Klapse geschickt. Vorher durfte ich ihr noch irgendeine verfluchte Vollmacht unterschreiben. Und dieser schleimige Weißkittelträger aus dem Krankenhaus, dem würde ich liebend gern diese drei von vorhin für ein Schäferstündchen vorbeischicken. Ich kenne diese Fratzen aus dem Rotlichtmilieu. Ich weiß außerdem mit Sicherheit, dass meine Bremsen manipuliert wurden. Es ist ein Puzzle, mir fehlen zwar noch einige Teile, aber ich werde sie finden und an die richtige Stelle bringen.“

„Vielleicht ...“, begann Natascha.

„Was?“

„Vielleicht wollte dich dein Anwalt warnen, indem er dich geduzt hat.“

„Nun, das hätte er aber geschickter und früher machen sollen“, erwiderte Jupp.

„Das stimmt, aber vielleicht kann man ihm doch trauen. Nur wir waren zu leichtgläubig. Wir haben halt die Deckung vergessen.“ Zaghaft schlich sich ein Lächeln auf Nataschas Gesicht.

Jupp setzte den Blinker und bog in eine kleine Stichstraße ein. Sie fuhren durch ein dichtes Waldstück und erreichten nach fünfhundert Metern ein altes Backsteinhaus.

„Das ist dein Hotel für gewisse Fälle?“, fragte Natascha erstaunt.

„Ja, es sollte mal ein Hotel werden. Aber ich habe es irgendwie aus meinen Plänen gestrichen.“

„Du willst jetzt nicht allen Ernstes sagen, dass wir in einem alten ver-
lassenen Haus untertauchen?“ Nataschas Augen waren weit aufgerissen. Jupp brachte den Porsche zum Stehen und stieg aus, ohne Natascha zu antworten. Während er die Fahrertür ins Schloss drückte,
kam der schwarze Polo neben ihm zum Stehen. Durch das zerschla-
gene Fenster der Beifahrertür drang Martinas Stimme zu ihnen.

„Jupp, wir müssen reden! Wir müssen die Polizei einschalten, hörst
du?“

Kapitel 10 (Michael Völkel)

Wie vom Donner gerührt blickte Jupp seiner Schwester in die Augen und stieg aus dem Wagen.

„Was ist denn jetzt schon wieder?", fragte der lädierte Ex-Bordellbetreiber und verdrehte seine Augen. Seine Schmerzen meldeten sich wieder und er war kurz abgelenkt. Es war zwar alles ein heilloses Durcheinander, aber im Grunde hatte er doch eine Menge Glück im Unglück gehabt: Er hatte knapp den Mordanschlag mit dem sabotierten Auto überlebt; es war ihm gelungen, problemlos aus der Geschlossenen der Psychiatrie zu entkommen; er hatte eine Begegnung mit der Russenmafia relativ unbeschadet überstanden und zu guter Letzt war sein Schlaganfall nebst halbseitiger Lähmung auf wundersame Weise in so kurzer Zeit wieder so gut genesen, dass ein paar Schmerzen sich doch wirklich als geringer Preis ausmachten für Erlebnisse, die jeden anderen schon eineinhalb Meter unter den Torf befördert hätten.

„Ein Sechser im Lebenslotto", hatte dieser schmierige Knochenflicker gesagt, der sich jetzt offensichtlich mit seiner Frau vergnügte. Widerwillig räumte Jupp ein, dass er (der Arzt) am Ende recht behalten hatte und versah ihn in Gedanken mit wenig schmeichelhaften Bezeichnungen.

Jupp ignorierte den pochenden Schmerz, den sein vom Ärger induzierter Adrenalinstoß auslöste und konzentrierte den Blick wieder auf seine Schwester.

„Sag mal, hast du sie noch alle?", blaffte er sein mit wichtiger Miene dreinblickendes Gegenüber an und verbannte die innere Stimme, die seine offensichtliche Unfairness anprangerte, in die tiefsten Abgründe seines Unterbewusstseins. Das Fass war schon lange voll gewesen (ebenso wie seine Schnauze), aber die Aussicht auf eine Mitwirkung der Polizei brachte es endgültig zum Überlaufen. Was soll denn in den paar Minuten Autofahrt so Weltbewegendes passiert sein, dass jetzt auf einmal auf die mühsam gemiedenen Cops nicht mehr verzichtet werden konnte? Jupp merkte, dass er sich am liebsten jeglicher, wie auch immer gearteter, neuerlicher Informationsaufnahme verweigern würde. Doch mahnte er sich zur Vernunft, brummte seiner Schwester eine einsilbige Entschuldigung zu und wollte nun doch wissen, was es denn Neues gab.

Martina schluckte die Wut über die verbale Entgleisung ihres Bruders mit einem genervten Blick herunter und deutete auf die Reste der zerschlagenen Scheibe.

„Seht ihr das hier?", fragte sie aufgeregt. Sie stieg aus dem Wagen und fuchtelte Natascha und Jupp herbei, die sich, inzwischen neugierig geworden, dem schwarzen Polo näherten. Dort angekommen wechselten beide einen verwirrten Blick.

„Also ich seh da gar nix", sagte Jupp und erhielt ein zustimmendes Grunzen von Natascha.

„Guckt doch mal genau … Da sind Fasern an den Scherben. Die Gorillas müssen sich die Jacke aufgerissen haben, als sie das Fenster eingeschlagen haben. Die kann man doch forensisch – oder wie das heißt – untersuchen lassen und dann weiß man, wie der Täter heißt, wo er wohnt, wo er sich aufgehalten hat … So kann man doch vielleicht rauskriegen, wo die Bande ihr Versteck hat und da ist dann die DVD und dann ist deine Unschuld bewiesen und alles ist wieder gut."

„Sag mal, hast du zu viel CSI geguckt, oder was?", fragte Jupp, dessen Genervtheit sich erneut in pochenden Schmerzen ausdrückte. Er rieb sich mit Daumen und Zeigefinger seine Nasenwurzel. „Du glaubst doch nicht im Ernst, dass die das alles mit den paar Zwirnsfäden herauskriegen können? Außerdem dürfte die DVD inzwischen längst am Grund des Kanals liegen, oder glaubst du der Wer-auch-immer-dahintersteckt hebt sich das Teil als Souvenir auf? Wenn die gefunden wird, ist der dran. So doof kann er doch nicht sein, dass er das einzige Beweisstück nicht ordentlich in kleine Krümel zerbröselt und auf Nimmerwiedersehen verschwinden lässt. Und wenn ich bei dieser Gelegenheit deine Aufmerksamkeit nochmal auf die Tatsache lenken dürfte, dass ich aus der Geschlossenen getürmt bin. Für ´ne Eigentumswohnung hat die Schwester vielleicht nicht so genau hingeguckt, wer da gerade raus ist aus der Station. Aber die kann auch nicht alle Akten verschwinden lassen, und die Polizei ist doch längst informiert über meine Flucht. Ich brauch doch bloß die Nasenspitze durch die Tür der Wache zu stecken und schon buchten die mich wieder bei den Bekloppten ein. Und ein zweites Mal komm ich da nicht so leicht wieder raus.“

Jegliche vornehme Zurückhaltung war aus Jupp gewichen, der zwar merkte, dass er sich in Rage geredet hatte, aber keinesfalls gewillt war, seinem Ausbruch Einhalt zu gebieten.

„Beruhig dich doch, Josef“, ließ Natascha vernehmen, die durch die Hitze des Augenblicks offenbar ihre Fortschritte im Hochdeutschen vergessen hat und wieder in einen deutlich vernehmbaren osteuropäischen Akzent verfiel. „Iste nix gut, wenn du dich so aufrägst. Lass uns libba übbaläggen, was jetzt ist richtig zu tun.“ Währenddessen näherte sie sich ihm von hinten und umschlang ihn aufreizend mit beiden Armen.

Nataschas Intervention zeigte Wirkung. Jupp verstummte und hoffte inständig, dass er, wenn alles vorbei war, wieder zu normalen männlichen Reaktionen in der Lage sein würde. Seine momentan sichtlich gehemmte Libido sorgte ihn doch sehr und, um vor sich selbst gerade stehen zu können, schob er die Ursache dieses unliebsamen Faktums lieber auf die vielen eingenommenen Medikamente als auf die naheliegende verminderte Leistungsfähigkeit von Männern in seinem Alter. Hoffentlich hatte Natascha ihm sein ablehnendes Verhalten gerade im Auto nicht zu übelgenommen. Vielleicht ging morgen ja mehr.

„Stimmt eigentlich", erwidert Martina das Statement ihres Bruders bezüglich der „unwiderlegbaren Beweise" an der Scheibe des Polos. „Hab ja nur gedacht … aber jetzt lass uns doch lieber mal reingehen. Ich frier mir hier echt was ab."

Martina hatte schon immer ein Talent dafür, jegliche Peinlichkeit an sich abperlen zu lassen und zur Tagesordnung überzugehen, als sei nichts geschehen, erinnerte sich Jupp und spürte einen kalten Schauer seinen Rücken entlang kriechen. Er schaute den beiden Frauen hinterher, die sich zielstrebig auf das baufällige Haus zubewegten und trottete ihnen nach.

Wenige Sekunden später vernahm er erneut die Stimme seiner Schwester: „Jupp! Komm mal schnell her, das musst du dir ansehen!"

„Es nimmt einfach kein Ende", stöhnte der geplagte Mittfünfziger und fragte sich – aufs Neue genervt – was sein oberschlaues Geschwisterteil wohl glaubte, wie schnell ein Mann in seinem stark verbesserungsfähigen Gesundheitszustand denn wohl sein könne. Er strauchelte mehr schlecht als recht vorwärts zum Gebäude und erkannte schließlich die Ursache der neuerlichen Unruhe. Die Tür des Hauses stand offen. In der Höhe des Schlosses war das Holz der Zarge gesplittert und wies mit an Sicherheit grenzender Wahrscheinlichkeit auf ein gewaltsames Eindringen hin. Natascha und Martina hielten sich in den Armen und schauten ängstlich zwischen der Tür und Jupp hin und her. „Was soll schon sein?", sagte Letztgenannter nach eingehender Betrachtung des Schadens, „Sicher nur ein paar Penner, die einen warmen Schlafplatz gesucht haben." Die beabsichtigte Zuversicht erweckten seine Worte nicht. Er war selbst nicht überzeugt und zog nur vorsichtig die Tür in seine Richtung. Wie nicht anders zu erwarten knarrte das Ding in gefühlt ohrenbetäubender Lautstärke. So langsam wähnte sich der Mann in einem schlechten B-Movie. Innen ließen sich keine Geräusche vernehmen.

Es dauerte nicht lange und er entdeckte die ersten Anzeichen einer ungebetenen Übernachtung: die Überbleibsel eines offenen Feuers (Scheiße, das gute Laminat!), eine leere Raviolidose (Die billige vom Discounter … es gibt schon viel Elend auf der Welt …) und – um das Klischee zu vervollständigen – eine angetrocknete Lache preiswerten Lambrusco aus dem Tetra Pak.

Der Boden klebte so sehr, dass jeder Schritt ein knarzendes Geräusch erzeugte.

„Kannst du vergässn, hier bleibe ich nicht, selbst wenn wären die Horden Putins hinter mir her. Ich bin nicht gekomme nach Deutschland, um so tief zu sinke", konstatierte Natascha mit angewidertem Gesicht.

„Jetzt mach dir mal nicht ins Hemd!", zischte Jupp. „Wir wollen hier ja nicht einziehen, sondern uns nur verstecken. „Wenn dir an deinem hübschen kleinen Hintern etwas liegt, solltest du zusehen, dass diese Knalltüten von gerade ihn nicht finden, sonst reißen sie ihn dir auf." Die Worte hatten Jupps Lippen bereits verlassen, bevor er auf die Idee kam, sie lieber zurück zu halten. Herzlichen Glückwunsch, Casanova, dachte er, so konnte das ja nix werden mit der Frau, selbst wenn es tatsächlich nur die Medikamente wären, die einem erfolgreichen Schäferstündchen in wiederentdeckter jugendlicher Manneskraft entgegenstünden. (Und nicht das Alter, wie, er insgeheim noch immer befürchtete.)

Natascha schreckte auf, als sie plötzlich Geräusche aus Richtung der Treppe hörte. Sie atmete auf, als sie sah, dass es nur Martina auf dem heroischen Weg in die oberen Stockwerke war. Jupp folgte ihr schleichend und tuschelte eine eindringliche Warnung, vorsichtig zu sein. Mit Bedacht setzten die Geschwister einen Fuß vor den anderen, um nicht aus Versehen geräuschvoll in den Abfall zu treten, der ihren Weg säumte. Eine alte Zeitung berichtete auf der Titelseite von Muhammed Alis Sieg gegen George Foreman beim Weltmeisterschaftskampf in Zaire. Hier schien wohl schon länger niemand mehr aufgeräumt zu haben. Aller Vorsicht zum Trotz kullerte eine leere Bierdose (Domfürst-Pils) geräuschvoll die Treppe herunter und stieß an Nataschas Fuß. Die Ukrainerin hatte sich entschlossen, lieber auch den Weg nach oben zu wagen, als allein unten zu bleiben.

Anders als alle anderen bisher erzeugten Geräusche brachte dieses allerdings ein Echo hervor: in Form eines Scharrens und einer männlichen Stimme aus zusammengepressten Lippen. Es kam aus dem Zimmer oben links auf dem Treppenabsatz. Mit einem abgebrochenen Stück Treppengeländer als Keule bewaffnet wollte Jupp einen Blick ins Zimmer wagen. Zwar traute er seinem angeschlagenen Körper kaum noch das Schwingen der Waffe zu, aber mit Keule war immer noch besser als ohne Keule.

Das Zimmer war noch dunkler als das Treppenhaus und so brauchten seine Augen einen Moment, bis sie sich an die Dunkelheit im Raum gewöhnt hatten. Als Details erkennbar wurden, verstand Jupp die

Welt nicht mehr. Dennoch gelang es ihm, cool zu bleiben und mit scheinbarer Beiläufigkeit die Gestalt zu begrüßen, die gefesselt und geknebelt in einem Stapel feuchter Zeitungen zappelte: „Sieh mal an, Sie hier, Herr Dr. Gardawski? Da war meine liebe Gattin wohl doch so schlau, Sie da abzuladen, wo Sie hingehören.“

Kapitel 11 (Peter J. Scholz)

„Gut gemacht, Herr Anwalt!", beglückwünschte der Schmierlappen und Anführer der drei kleinen Schweinchen – wie Schmitt-Vossen seine ungewollten Begleiter getauft hatte – Jupps Rechtsbeistand so jovial, wie es nur ging.

Dem Rechtsbeistand ging es den Umständen entsprechend: recht schlecht.

Aufgemischt, abgezogen und nun einfach in den beginnenden Regen des angebrochenen Abends aus dem Auto hinaus in den Rinnstein geschoben.

Die feiste Hand patschte Schmitt-Vossen zum Abschied auf die Schulter, dann stieg ihr Besitzer wieder zu den beiden Lakaien in den Wagen.

Schmitt-Vossen schaute den Rücklichtern des Ford Mustang hinterher. So eine schöne Verpackung für so einen miesen Inhalt, schoss es ihm durch den Kopf.

Aber daran war er ja in seinem Job nach all den Jahren gewöhnt: selbstgefällige Kunden, die sich in seiner Kanzlei die Klinke in die Hand gaben und sich ihre selbstgeschneiderte Wichtigkeit von ergebenen Bediensteten tagtäglich bestätigen ließen.

Eigentlich gehörte Jupp ja auch irgendwie zu diesem ‘erlauchten’ Zirkel. Aber da war etwas, das ihn dann wieder anders machte als den Rest: Jupp war und blieb ein Urgestein des Ruhrpotts. Vielleicht war es ja genau diese nicht unerhebliche Kleinigkeit, die ihn für Schmitt-Vossen so wertvoll erscheinen ließ.

Und die nicht unerhebliche Tatsache, dass Jupp aus derselben Ecke stammte wie der Anwalt selbst. Wie hieß es noch gleich: „Du kriegst den Jungen aus der Gosse – aber die Gosse nicht aus dem Jungen.“ Das traf auf Jupp und den Ruhrpott zu, ganz und gar. Doch auf Schmitt-Vossen auch – der zwei Jahre älter als Jupp war – zumindest was den Ruhrpott anging. Der ihn von oben herab schon in der Volksschule wahrgenommen hatte, als Jupp sich als Dreikäsehoch abstrampelte. Ihm als Einzelkind hatte immer imponiert, wie sich Jupp für seine Geschwister eingesetzt hatte. Er hatte zwei Querstraßen weiter gewohnt. Als Einzelkind zweier erfolgreicher Elternteile, deren Bestreben es gewesen war, aus ihm jemanden zu schmieden, der es noch zwei Stufen weiter auf der Karriereleiter zu bringen hatte. Hatte er gemacht, sich dabei ein Stück weit vom Pott zu feinen Universitäten entfernt, an denen Recht gelehrt wurde. Doch musste er die Erfahrung machen, dass Recht nicht gleich Recht war und die Grauzone sehr viel Spielraum barg. Immer wenn Schmitt-Vossen vor Paragrafen und ihrer Beugungs- und Interpretationsmöglichkeit angeekelt war, trug ihn sein Weg zurück in die Heimat. Wo er als „Studierter“ von ehemaligen Schulkameraden, deren Horizont mittlerweile drei Straßenzüge weit reichte, regelmäßig von oben herab behandelt wurde. Im Jurastudium, wie später im Verhandlungssaal, wurde das Recht mit Worten geregelt. Auf der Straße sprachen die Fäuste. Und so, als mal wieder ein Bagatellfall mittels selbigen ʻausdiskutiertʼ worden war und er wie so oft den Kürzeren gezogen hatte, fand er seine zweite Berufung: die Boxschule. Er und der Sandsack wurden gute Freunde, bis er sich in den Ring traute – und überraschte. Nicht nur den großmäuligen Gegner, sondern auch sich selbst. Was den alten Paul dazu brachte, sich seiner anzunehmen.

Was Paul wohl heute dazu zu sagen gehabt hätte, als die „drei kleinen Schweinchen“ der Russenmafia bei ihm aufgetaucht waren und ihn mit wenigen, dafür aber umso schlagkräftigeren Argumenten

dazu gebracht hatten, sie zu einem Stelldichein mit Jupp zu begleiten?

Der alte Seemann und späterer Boxtrainer hätte wohl – zu Recht –
traurig mit dem Kopf geschüttelt.

Der Regen wurde stärker. Schmitt-Vossen blieb die Möglichkeit, weiter am Straßenrand zu verbleiben oder zu gehen. Er entschied sich
für Letzteres. Er wusste schon wohin: das Schwelgernstadion in Duis-
burg-Hamborn.

Dort hatten in den späten Achtzigern ein paar der angesagten Party
People des Potts einen Rückzugsort für Ihresgleichen in einem Ne-
benraum eingerichtet. Irgendwann feierte man nicht mit dem „Pö-
bel" oder den „Normalos". Irgendwann schaffte man sich ein wenig
Exklusivität.

Da sein Vater für die Stadt arbeitete, war man an diesen herangetre-
ten und der hatte dieses kleine Fleckchen für die Damen und Herren
zur Verfügung gestellt. Und Schmitt-Vossen wurde auf diese Weise
Teil dieser Exklusivität. Insbesondere als die Damen und Herren her-
ausbekamen, was er so weit weg vom Pott studierte.

Je mehr Tipps man sich bei ihm holte – er hatte sich auf Wirtschafts-
recht spezialisiert und steuerte auf einen sehr vorzeigbaren Abschluss zu – desto besser wurde sein Standing. Zur bestandenen Ab-
schlussprüfung erhielt er seinen eigenen Schlüssel zu diesen Räum-
lichkeiten.

Dort befand er sich nun: in einem Raum, der wahrlich bessere Tage
gesehen hatte, genau wie er selbst. Die Karawane der feierwütigen
Partymacherpeople war weitergezogen. Hier hatte niemand mehr
`Durscht´. Außer Schmitt-Vossen. Als die letzte Runde vor gut zehn

Jahren hier abgehalten worden war, hatte er sich erlaubt, eine Flasche Cognac mitzunehmen. Doch bevor er die Stätte verlassen hatte, er sie an einem geschützten Ort abgestellt. Und als die Tür zu dieser Stätte des Wirkens verschlossen wurde, verblieb sein Schlüssel in seinem Besitz.

Er trug ihn seitdem tagtäglich mit sich herum. Wie ein Versprechen. Eines, das er sich selbst gegeben hatte und nicht mehr wusste, wieso.

Jetzt ahnte er, wieso.

Der Staub lastete auf den wenigen verbliebenen Objekten im Raum und in der Luft.

Die Fensterläden waren seit zehn Jahren geschlossen, es dauerte einen Moment, sie zu öffnen. Sie waren dies einfach nicht mehr gewöhnt. Wasser gab es im Vorraum in einem Waschbecken, das diese Bezeichnung eigentlich nicht mehr verdiente. Aber in seinem gegenwärtigen Zustand war dies Schmitt-Vossen herzlich egal. Er nahm sich – nach einem Blick in den halbblinden Spiegel über dem Becken – sogar die Zeit, sich das verkrustete Blut vom Gesicht zu waschen. Zumindest so gut es ging. Dann spülte er das Glas. Das noch eines da war, war ein gutes Omen. Cognac aus der Pulle war nicht so sein Ding. Und die Flasche befand sich tatsächlich noch hinter der Vertäfelung in dem Hohlraum in der Wand. Ein Rémy Martin – immerhin. Während er sich das erste Glas in zwei hastigen Schlucken genehmigte, schalt er sich einen Narren. Wie hatte er es zulassen können, dass die Ereignisse so dermaßen aus dem Ruder liefen? Und – noch schlimmer: Wie hatte er sich so feige verhalten können? Er hatte Jupp auf dem Schrottplatz zurückgelassen! Kein wirkliches Ruhmesblatt für einen „Kämpfer des Rechts". So hatte er seinen Job immer verstanden. Verstehen wollen. Aber insgeheim hatte er die Sprache der Fäuste immer als ehrlich und knackig erachtet. In den ganzen

Paragrafen der Rechtsprechung konnte man sich sehr schnell verirren – explizit, wenn man den moralischen Kompass über Bord warf.

Und durch die Klientel, die – empfohlen von Jupp – bei ihm über die letzten fünfzehn Jahre so in sein Büro und respektlos durch ihn durch marschiert war, war sein Ansehen vor sich selbst immer weiter gesunken. Egal mit wie viel Penunzen das letztendlich wieder aufgewogen wurde. Vielleicht war es Schicksal, dass Jupps und sein Weg sich vor fünfzehn Jahren wieder gekreuzt hatten – nach all der Zeit. Er hatte seine Beobachtung und seine Haltung aus der Kinderzeit Jupp gegenüber nie zur Sprache gebracht – hatte ihm nicht die Information gegeben, dass er seit seiner Jugend eine Form der Bewunderung für ihn hegte. Gut, darauf einen Schluck. Schmitt-Vossen ließ sich den 40-prozentigen Branntwein durch die Kehle rinnen. Er glühte ihn sanft, aber nachdrücklich aus.

Die Polizei war vor einigen Wochen bei ihm gewesen – es hatte wohl Leichenfunde gegeben. Offenbar Prostituierte, osteuropäischer Herkunft. Was er damit zu tun hätte, hatte er gefragt. Irgendwie schien da etwas auf Jupp hinzudeuten. Der hatte ja mal vorgehabt ein Großbordell in Duisburg … Na, diese Vermutung hatte Schmitt-Vossen ja sehr schnell genommen und zerpflückt. Ja, sein Mandant hätte sich diesbezüglich vor langen Jahren interessiert gezeigt. Nein, er als sein Rechtsbeistand hätte ihm dringend davon abgeraten. Und außerdem sei Josef Stenzel mittlerweile doch ein hoch angesehener Bauunternehmer. Mehrere seiner Objekte in Spitzenlage verschönerten gegenwärtig die Innenstädte hier im Ruhrgebiet.

Der Beamte hatte geflissentlich zu seinen Ausführungen genickt, dann aber die Bombe platzen lassen: Die Leichenfunde wären auf dem Grund und Boden der ersten „Galerie" (wie man solche „Shoppingmeilen" gerne betitelte), die Stenzels Firma errichtet hatte, gefunden worden.

Ob sich der werte Herr Stenzel bei seiner Karrierekurskorrektur vielleicht mal ganz fix einiger Aktivposten seiner früheren Profession entledigt hätte?

Schmitt-Vossen protestierte energisch gegen eine solche Anschuldigung und komplementierte den Beamten freundlich, aber direkt aus seinem Büro.

Danach brauchte er erst einmal etwas zu trinken. Was er seit Jahren nicht mehr gebraucht hatte.

Und als er seine persönlichen Kanäle – die ihren Ursprung in eben jener Zeit hatten, als er mit den „Königen und Königinnen der Nacht" Umgang pflegte – anzapfte, wurde ihm zugetragen, dass wohl etwas faul war im Staate Duisburg. Und dass eine Connection zwischen Russen und einem ansässigen Automobilunternehmen bestünde.

Keine schöne Connection – zumindest für die in diesem Zusammenhang verschwundenen Prostituierten.

Die aufgetauchten Leichen schob man Josefs Nachfolgern auf jenem Marktsegment zu, welches Josef als „Player" verlassen hatte. Es konnte gut sein, dass man ein „Zuviel an Frischfleischware" hatte, das nicht untergebracht werden konnte. Und da zu dem Zeitpunkt soeben die große Baustelle in Betrieb war, mauerte man die armen Damen kurzerhand ohne ein Fass Armontillado ein. Bei Edgar Allan Poe damals war das einfach, kam es ihm in den Sinn. Dumm nur, wenn Mauern heute nicht mehr so gut hielten wie früher. Da war ja alles besser gewesen.

Und wer hielt Josef den Rücken frei? Schmitt-Vossen gab sich noch einen Schluck. Die gute Elli. Seit zwanzig Jahren das liebenswerte

Naivchen an Jupps Seite. Hatte sie in einem früheren Leben nicht Schauspielerin werden wollen?

Schmitt-Vossen recherchierte.

Und fand ihren Schauspiellehrer – auf dem Friedhof. Dort seit achtzehn Jahren beheimatet. Entsprechende Recherche führte zutage, dass sie wohl ein Paar gewesen waren. Der Lehrer und die Schülerin. Die sich in Jupps Club ein paar Scheine für ihre Ausbildung verdiente. Die Schülerin, die zur Lehrerin wurde.

Weiß Gott – von ihr könnten sie alle noch etwas lernen.

Entsprechende Interviews mit von ihm in seiner Freizeit ermittelten Mitstudenten zeugten von einem spielfreudigen, stets nach vorn gerichteten Geist, der in Elli beheimatet war. Dem Rest der Menschheit gab sie ansonsten eine Gratisvorstellung in Sachen vorgespiegelter Dummheit.

Die Menschheit war so leicht zu manipulieren.

Wie hieß noch gleich der Hit von den Ärzten? „Lasse reden!" Ja, das genau beschrieb Ellis Fassade und Haltung punktgenau, fand Schmitt-Vossen nun, nachdem ihm Ellis Weggefährten und -gefährtinnen die Ecken und Kanten geliefert hatten. Allein – nichts davon diente als endgültiger Beweis. Und wenn er Jupp mit der Wahrheit konfrontieren wollte, dann musste da mehr sein, als Hörensagen!

Die DVD und der manipulierte Wagen – Schmitt-Vossen war sich sicher, dass dies die eigentlichen Faktoren in diesem Spiel waren, das langsam aber sicher dem Höhepunkt entgegenstrebte. Er hielt inne, sah auf die halbleere Flasche. Atmete tief durch ... und schmiss die Flasche an die Wand. Die drei Schweinchen, die ihm ihre Auffassung von Recht gelehrt hatten, sollten inzwischen bei ihrem Auftraggeber sein. Jupp gegenüber hatte er kein Wort davon erwähnt, dass er das Päckchen unterm Sitz direkt nach dem Unfall gefunden und kurzzeitig ausgeborgt hatte. Über die Drogen war er, gelinde gesagt, enttäuscht gewesen – die DVD war sehr viel aufschlussreicher. Weshalb er sich davon eine Kopie gezogen hatte. Der Herr, der da vor laufender Kamera eine Dame des horizontalen Gewerbes keinesfalls gut behandelt hatte, war einer der besten Programmierer des Autokonzerns, wie er mit ein wenig Recherche mittels Internet und ein, zwei Anrufen herausbekommen hatte. Vielleicht sogar ihr bester. Und die wuchsen bekanntlich nicht auf Bäumen. Russische Prostituierte dagegen …

Es wurde Zeit, der Polizei einen Besuch abzustatten, fand Schmitt-Vossen. Die Dinge hatten eine Dynamik entwickelt, die sich leicht zum Überstürzen und alles unter sich begraben hin entwickeln konnte. Und – Jupp hin oder her – bei einer solchen Entwicklung war sich letztendlich jeder schlicht selbst der Nächste … Doch vor dem Gang nach Canossa stand noch der Gang zu seiner Wohnung an – heraus aus den in Mitleidenschaft gezogenen Klamotten und die dort deponierte DVD geholt … Schmitt-Vossen ging es an.

Kapitel 12 (Olaf Lahayne)

Zurück in seiner Wohnung stellte sich Schmitt-Vossen erst einmal unter die Dusche. Und während ihn das heiße Wasser von Schweiß-, Blut- und Cognac-Resten befreite, gewann der Anwalt allmählich seinen kühlen Kopf zurück. Wie er sich dann abtrocknete, stand sein Entschluss fest: Bevor er die Polizei einschalten würde, wollte er klären, wie es nach jener unerfreulichen Episode in der Stenzel-Villa denn dem Hausherrn, seiner Schwester sowie Natascha ergangen war.

Unglücklicherweise hatten ihm jene Schläger sein Smartphone abgenommen; glücklicherweise aber hatten sie nicht nach dem Passwort gefragt, so würde ihnen das nicht viel nutzen. Er selbst andererseits hatte natürlich ein aktuelles Backup auf seinem heimischen PC, und noch im Bademantel ging er die Liste der Anrufer der letzten Tage durch. Gleichzeitig ließ er im Hintergrund nochmals die Kopie der ominösen DVD laufen. Keine allzu unterhaltsame Kost, aber im Hinterkopf des Anwaltes nagte beharrlich das Gefühl, dass er da irgendetwas übersehen hatte. Ein Gefühl, das ihn immer dann heimsuchte, wenn ihm nicht gleich das passende juristische Hintertürchen oder halblegale Schlupfloch einfiel, wodurch er seinen Klienten aus der Patsche helfen konnte. Allzu oft passierte ihm das nicht, doch heute war wieder einer dieser Tage.

Vorerst aber hatte anderes Priorität: „Da ist sie!"

Er hatte sie gefunden, die Nummer, unter der ihn jene Natascha – damals noch anonym – auf der Autobahn angerufen hatte. Schmitt-Vossen konnte nur hoffen, dass sie immer noch jenes Prepaid-Handy dabei hatte; schließlich war Stenzels Luxus-Smartphone Teil jenes

Porsche-Schrott-Würfels, und von seiner Schwester hatte er nur die Hamburger Festnetz-Nummer, unter der sie ihn kontaktiert hatte.

Nachdem er die Nummer an seinem Festnetzapparat eingetippt hatte, dauerte es fast eine Minute, ehe sich jemand meldete: „Zdrá vstvuyte!"

Schmitt-Vossen stutzte einen Moment, ehe er schaltete; es war nicht das erste Mal, dass er mit slawophonen Partnern telefonierte. „Hallo? Schmitt-Vossen hier! Sind Sie das, Natascha? Also eigentlich Natalja, nehme ich an? Bitte um Entschuldigung, aber Ihren Nachnamen ... Wir wurden einander ja nie vorgestellt, nicht wahr? Wie auch immer: Wo sind Sie? Sind die Stenzels bei Ihnen?"

Auch Natascha brauchte einen Moment, ehe sie begriff: „Herr Anwalt! Ja, sie sind beide hier. Wir sind in ... Ach, irgend so eine Ruine mitten im Wald! Aber es geht uns gut – und wir haben hier noch wen gefunden, noch einen Doktor ... Wie war der Name!?"

Damit wandte sich Natascha an Martina; die sah zu, während ihr Bruder den gründlich verpackten Mediziner aufschnürte. Die Angesprochene zuckte aber nur mit den Schultern: „Wie war das, Jupp? Einer dieser polnischen Namen halt, Grabowski oder so."

„Gardawski", verbesserte sie ihr Bruder lachend, während er dem schon knebel-, aber noch sprachlosen Mediziner aus den letzten Fesseln half. „Mit dem mich Elli betrogen hat – und der nun von ihr betrogen wurde, wie's aussieht. Dumm gelaufen, was, Doktorchen? Ist das Schmitt-Vossen am Apparat?"

Während sich der Befreite mühsam aufrappelte, wandte sich Jupp damit Natascha zu. Die jedoch war wie erstarrt. Synchron mit dem Anrufer fiel bei ihr der Groschen, und beide murmelten nur ein Wort: „Gardawski!?"

Die beiden Geschwister blickten die Ukrainerin einige Augenblicke verwundert an, endlich aber wandte sich Martina zu dem Arzt um: „Vorsicht!"

Gleichzeitig stieß sie ihren Bruder zur Seite, so sah dieser nur aus dem Augenwinkel heraus, wie eine armdicke, nägelgespickte Holzlatte an seinem Kopf vorübersauste. Dann landete er auf eben dem Fußboden, zu dem jene Latte einst gehört hatte. Instinktiv rollte Jupp sich zur Seite; so entging er auch dem zweiten Schlag, der stattdessen krachend im Laminat landete. Einer der Nägel blieb im Boden stecken, und eher ungläubig, denn erschrocken verfolgte Jupp, wie sich Gardawskis Gesicht noch weiter verzerrte, während er versuchte, seine Waffe loszureißen. Ehe ihm dies gelang, stürzten sich aber die beiden Frauen auf den Angreifer.

Verdammt, ich hätte doch gleich die Polizei rufen sollen, dachte unterdessen der Anwalt, während er es am anderen Ende der Leitung rumpeln, krachen und ächzen hörte: „Hallo? Hallo! Was ist da los? Dieser Gardawski ... Vorsicht!"

Endlich meldete sich eine schnaufende Stimme: „Das kommt ein bisschen spät, Herr Doktor!"

„Herr Stenzel!", seufzte der Anwalt erleichtert. „Gott sei Dank! Was ist passiert?"

„Tja, gute Frage: Ich habe hier gerade diesen verschnürten Schürzenjäger befreit, und kaum drehe ich ihm den Rücken zu, da versucht der mich mit meinem eigenen Baumaterial zu erschlagen. Kann ja verstehen, dass der nicht gut auf mich zu sprechen ist, aber so was ..."

„Was ist mit ihm? Was ist mit Ihnen? Irgendwer verletzt?"

„Keine Panik, uns geht's gut. Martina und Natascha konnten Gardawski gerade noch stoppen. Nun sitzen meine Schwester und ich auf ihm. Könnte besser gepolstert sein, der Mann!"

Vor Erleichterung musste der Anwalt kurz auflachen: „Herr Stenzel, ich habe wieder eine gute und eine schlechte Nachricht für Sie. Aber ich fürchte, diesmal muss ich die gute zuerst verraten!"

Das amüsierte auch Jupp: „Öfter mal was Neues! Nun gut, heraus damit!"

„Ich kenne jetzt den Namen des Mannes, den Sie seinerzeit mit der DVD ... Sagen wir, den Sie dazu motivieren wollten, sich für Ihre Offerte einzusetzen, nicht für die Ihrer russischen Konkurrenten. Ich fürchte, wenn Sie den von Anfang an gekannt hätten, hätte uns das einige Querelen erspart."

„Hey, ich habe mich nur an Ihren Rat gehalten", wunderte sich der Unternehmer. „Je weniger ich von solchen Sachen weiß, desto weniger laufe ich Gefahr, später einen Meineid leisten zu müssen, bei einer Falschaussage ertappt zu werden und so. Das habe ich ganz Natascha und ihren, sagen wir, ihren ‚Freunden' überlassen – und vor allem ihren ‚Freundinnen'. Also, wie heißt der Typ?"

„Tja, das ist wohl die schlechte Nachricht: Gardawski. Diplomingenieur Rüdiger Gardawski. Ich habe nicht gleich geschaltet, als Sie mir gegenüber diesen Doktor Gardawski erwähnten; vielleicht habe ich seinerzeit doch den einen oder anderen Kopftreffer zu viel abbekommen. Aber nun ..."

Jupp fehlten für einen Moment die Worte. Dann blickte er zuerst zu dem leise wimmernden Bündel hinab, auf dessen Rücken er und Martina saßen, darauf sah er zu Natascha hoch, die mindestens ebenso betreten dreinblickte: „Noch ein Gardawski? Ist bestimmt Zufall, oder? Ich meine, Schimanski, Kowalski, Pawlowski ... Die gibt's doch hier wie Sand am Meer."

Aber die Angesprochene schüttelt den Kopf: „Gardawski ... Ist selten, der Name."

Darauf wandte sich Jupp wieder dem demobilisierten Angreifer zu: „Also gut, Doktorchen, wir sind zu dritt, und diesmal passen wir auf! Vorschlag: Wir stehen auf, und Sie benehmen sich und erzählen uns alles. Wie wär's?"

Der Betreffende nickte nur. Darauf nickten auch Bruder und Schwester einander zu, und synchron erhoben sie sich. Ein paar Sekunden blieb der Mediziner noch liegen, dann rappelte er sich langsam auf.

Jupp reichte das Handy wieder an Natascha weiter, dann widmete er sich Gardawski: „Also: Hans-Jürgen heißen Sie, wenn ich mich recht entsinne. Was haben Sie mit jenem anderen Gardawski zu schaffen?"

Sein Gegenüber brauchte eine Weile, ehe er antworten konnte; er kämpfte sichtlich mit einem Wirrwarr von Emotionen: „Rüdiger ... Rudi ... Er war mein Bruder, mein einziger Bruder!"

„Bruder?", fragte Jupp verblüfft nach. Seine Schwester war schon einen Schritt weiter: „War?"

„Ja", stöhnte Hans-Jürgen Gardawski, „er ist tot. Erschossen."

Nicht nur Natascha war geschockt: „Ermordet?"

„Selbstmord ...", korrigierte der Hinterbliebene. „Vorher schrieb er mir noch einen Abschiedsbrief; er war ja unverheiratet; keine Kinder ... So erfuhr ich erst von der ganzen Geschichte! Davon, wie Sie, Herr Stenzel, bei der Geschäftsleitung jenes Autokonzerns den Auftrag zur Errichtung eines Forschungszentrums herausgeschlagen haben. Wie gleichzeitig Rudi sich von russischen Unternehmern bestechen ließ, damit er darauf hinwirkt, dass das Zentrum in Russland errichtet wird. Als Leiter der Forschungsabteilung hatte er da schließlich einiges mitzureden. Und wie Ihre sauberen Freunde ihn in jene Falle gelockt haben, um ihn dann mit dem Sex-Video zu erpressen."

Dieser letzte Vorwurf richtete sich an Natascha.

„Das wusste ich nicht! Dass er sich schon vorher kaufen ließ, meine ich.“

Der Mediziner schüttelte den Kopf: „Er spielte; er brauchte das Geld. Er hat sich auch bei mir viel geliehen! Er war ein ... Aber er war immer noch mein Bruder, mein kleiner Bruder!“

Während dieses Geständnisses spürte Jupp, dass in seinem Hals ein Kloß dicker und dicker wurde: „Ja, kriminelle kleine Brüder ... Ich wusste ja nicht ... Es tut mir leid!“

Und ehe die anderen – und er selbst! – so recht begriffen hatten, was geschah, trat Jupp an den Mediziner heran, umarmte ihn, drückte ihn an sich, drückte sein Gesicht gegen dessen schmale Schulter und begann zu schluchzen.

„Was ...?“

Der Mediziner verstand nicht, Martina sehr wohl: „Seine ... unsere Brüder ... Die beiden gerieten auch auf die schiefe Bahn. Der eine sitzt im Knast; der andere ist ... Er ist auch tot.“

Auch sie musste schlucken, und Gardawski verstand nun: Er erwiderte die Umarmung, und einige Minuten weinten sich die beiden Männer aus, zuerst leise, dann hemmungslos schluchzend.

„Dachte nicht, dass Jupp ... Wie sagt man? Dass er so nah am Wasser gebaut ist!?“, flüsterte unterdessen Natascha Martina zu. Die aber war ebenso überrascht: „Ist er nicht! Selbst seinerzeit beim Begräbnis ... Aber irgendwann, da muss das raus!“

„Die Medikamente ...“, bemerkte dazu Gardawski zwischen zwei Schluchzern. Offenbar hatte er die beiden Frauen gehört. „Es tut mir auch leid, Herr Stenzel. Ich wusste ja nicht ... Aber ... ich konnte nicht anders!“

Ein letztes Mal schniefte Jupp; dann lösten sich die beiden Männer voneinander. „Nichts für ungut, gell, Doktorchen?“, gab er sich be-

tont locker. „Lief halt alles nicht ganz so wie geplant, was? Ach ...
Was genau hatten Sie eigentlich geplant?"

„Nun, Rache halt", antwortete Gardawski mit einem halb verlegenen,
halb ratlosen Schulterzucken. „Ohne Ihre Erpressung hätte sich Rudi
nie erschossen. Ich wollte Ihr Leben ruinieren – und zwar über Ihre
Frau. Das war leichter als erwartet, um ehrlich zu sein."

Jupp war sich nicht sicher, ob ihn das trösten sollte: „Also ... Sie haben sich an Elli herangemacht, nicht umgekehrt?"

„So ist es. Nun, ich rannte bei ihr aber wohl die eine oder andere
offene Tür ein. Das hätte mich stutzig machen sollen, aber in meiner
Gier nach Rache ... Der Rest, das war nur eine Frage der richtigen
Dosierung."

„Dosierung? Wovon?"

„Nun, Sie können es nicht wissen, aber der Titel meiner Dissertation
lautete ‚Über die zeitversetzte Wirkung diverser psychoaktiver Substanzen'. Auf gut Deutsch: Wir haben Sie unter Drogen gesetzt, Herr
Stenzel. Ich habe die Mittel besorgt, Elli hat sie Ihnen verabreicht. So
kam es auch zu dem Unfall. Es war nichts defekt an Ihrem Porsche."

Dazu meldete sich nun auch wieder Schmitt-Vossen zu Wort. Natascha hatte den Lautsprecher an ihrem Handy eingeschaltet: „Aber,
wir haben doch das Blut von Herrn Stenzel untersuchen lassen: Da
war nichts!"

Dafür hatte der Mediziner nur ein verächtliches Schnaufen übrig:
„Meinen Sie jenes spanische Labor? Jawohl; ich weiß davon! Die waren wohl auch für die Untersuchung der Blutproben in Sotschi und
Rio zuständig, wie? Ich fürchte, die Kollegen dort sind nicht sonder-
lich zuverlässig!"

Auch Jupp mochte das nicht so recht glauben: „Aber die Bremsen ...
Ich habe doch das Bremspedal durchgetreten, und nichts tat sich!"

„Sie glauben, Sie hätten gebremst", verbesserte ihn der Mediziner. „Vermutlich sind Sie stattdessen aufs Gas gestiegen. Bei noch höherer Dosierung, da hätten Sie auch glauben können, Sie sind die Biene Maja und wären lachend von der nächsten Rheinbrücke geflattert. Wie auch immer, das war ja erst der Anfang. Ein paar weitere Präparate brachten sie in die psychiatrische Abteilung; außerdem besaß Elli inzwischen eine Generalvollmacht. So wollten wir Ihre Ehe ruinieren, Ihre berufliche Existenz und Ihren Ruf – soweit noch vorhanden."
„Und der Schlaganfall?"
„Ebenso Täuschung! Meinen Sie, so was klingt nach ein paar Tagen ab? Ganz ehrlich, Herr Stenzel: Sie haben eine beneidenswerte Rossnatur. Trotzdem tat's mir schon fast wieder leid, dass ich Ihren russischen ‚Geschäftsfreunden' gesteckt habe, wer daran schuld war, dass Rudi sein Versprechen nicht mehr einhalten konnte."
Dieses Geständnis ließ Jupps überraschend erwachtes Mitleid gleich wieder dahinschmelzen: „Sie haben ... verdammt, Sie haben uns die Russenmafia auf den Hals gehetzt?"
„Aber anonym, nicht wahr?", hakte hier Natascha nach. „Ich bekam ja einen Tipp aus Moskau, aber mein Kontaktmann wusste nicht, woher seine Partner ihren Tipp bekamen. Sicher nicht von meinen Freunden; die sind alle stolze Ukrainer! Jetzt weiß ich es ..."
„Ja, jetzt wissen Sie es; Sie alle!", bestätigte der Mediziner trotzig. „Natürlich lasse ich mich niemals mit solchen Charakteren ein. Sollen die doch ihre schmutzigen Geschäfte untereinander regeln, dachten Elli und ich. Wir hätten einander – und Ihr Geld, Herr Stenzel!"
„Na, wie's aussieht, hat die gute Elli Sie ebenso reingelegt wie mich", höhnte Jupp. „Wieso eigentlich? Was hat sie vor? Diese Schläger haben so allerlei angedeutet ..."

Da konnte Gardawski wieder nur die Schultern zucken: „Wenn ich das wüsste! Ich habe ihr nie etwas von meinem Bruder gesagt, von dieser ganzen Erpressungs-Sache. Sie dachte, es ginge hier nur um uns – um Elli, um mich und um Sie, Herr Stenzel.“

„Und um meine Penunzen.“

„Und um Ihr Geld; so ist es. Aber wie's scheint, weiß sie mehr.“

„Was ist hier eigentlich passiert? Was wollten Sie in dieser Bruchbude? Soweit ich mich entsinne, waren Elli und ich nur einmal zusammen hier, als das Teil noch im Bau war. Wir wollten uns ein Penthouse oben drauf setzen ...“

„Sie meinte, sie habe hier Schmuck versteckt, den sie abholen wollte. Ich bückte mich, um unter einem Bodenbrett nachzusehen; dann bekam ich von hinten einen verpasst. Als ich wieder aufwachte, ... Nun, das haben Sie ja gesehen.“

„Und wo sie jetzt ist ... Ich nehme an, Sie haben keine Ahnung?“

„Also, eigentlich wollten wir zuerst einmal nach Luxemburg. Aber jetzt ... wer weiß!“

In der allgemeinen Ratlosigkeit meldete sich Martina zu Wort: „Aber spielt das noch eine Rolle? Sie ist weg, wir leben alle noch. Die Generalvollmacht kann widerrufen werden, und um den juristischen Kleinkram kümmert sich sicher der gute Doktor Schmitt-Vossen.“

„Kleinkram!?“, rief dieser indigniert dazwischen.

„Aber wenn der andere ... Wenn Ihr Bruder tot ist, Herr Doktor Gardawski, dann ist jene DVD doch eigentlich wertlos, oder? Wer könnte denn jetzt noch damit erpresst werden?“

Die anderen schwiegen verblüfft.

Der Anwalt jedoch sah dies anders: „Ich wünschte, Sie hätten recht, Frau Stenzel! Aber ich fürchte, mit dem Tod des bedauernswerten Ingenieurs ist die DVD noch wertvoller geworden. Bedenken Sie: Der

Mann war eine wichtige Führungskraft in einem Autokonzern. Ich brauche Ihnen wohl nicht zu erklären, was für eine PR-Katastrophe solch eine Geschichte wäre, speziell heutzutage? Ich will keine Namen nennen, aber Sie wissen sicher alle, was ich meine."

Das Quartett in jener Ruine wusste es. Dennoch blieb manche Frage offen, von denen nach einigem Nachgrübeln erneut Martina die erste aussprach: „Aber dann haben diese Mafiosi doch nun eigentlich, was sie wollten. Was wollen sie dann noch von Elli?"

Jupp versuchte sich zu erinnern: „Der Typ meinte, sie hätten ein Foto von ihr und Ihnen, Doktor. Er deutete recht unmissverständlich an, dass sie euch damit erpressen könnten."

„Unsinn", schnaufte wieder Gardawski. „Den Tipp hat der Journalist doch von mir selbst bekommen. Das war Teil meines Rache-Plans, um, na ja ..."

„... um mir vor aller Welt Hörner aufzusetzen", beendete Jupp den Gedanken grimmig. „Gründlich sind Sie, Doktorchen, das muss ich Ihnen lassen! Aber okay, wenn die daraus kein Kapital schlagen können und sie die DVD eh haben ..."

„Wenn sie die DVD haben", gab Natascha zu bedenken. „Haben uns ja keine Quittung ausgestellt, nicht wahr?"

Darauf meldete sich auch Schmitt-Vossen wieder zu Wort: „Ich glaube, jetzt ist es wirklich Zeit, die Polizei ..."

Er kam nicht dazu, den Satz zu beenden: Der Standardklingelton des Handys unterbrach ihn – sehr zur Verwunderung Nataschas. „Wer ist das!?"

„Keine bekannte Nummer?", fragte Martina.

„Nein, ich habe das Gerät ja erst seit ein paar Tagen, und praktisch niemand kennt die Nummer. Nun, mal sehen ... Bis gleich, Herr Anwalt!"

„Bis gleich!", verabschiedete sich der Anrufer. „Tun Sie nichts Unüberlegtes!"

Damit schaltete Natascha den Lautsprecher aus, um dann das Gespräch anzunehmen: „Zdrá vstvuyte!"

Einige Sekunden lauschte die Ukrainerin dem Anrufer, aufmerksam
beobachtet von den drei anderen. Dann starrte die Frau ungläubig
auf das Handy, um es anschließend Jupp entgegenzustrecken: „Für
dich! Deine Frau."

Kapitel 13 (Susanne Plitzko-Sié)

Manchmal reicht ein Satz, um ein ganzes Leben zu verändern.

„Hallo? Hallo?! Elli, bist du es? Sag doch was, verdammt noch mal!"

„Hallo Jupp, mein Schatz, wo bist du?", fragte Elli gedehnt, „ich mache mir solche Sorgen um dich!"

„Elli", antwortete Jupp gereizt, „was soll das? Was spielst du für ein Spiel?"

Elli flötete ins Telefon: „Jupp, ich kann dir alles erklären, wirklich. Es ist nicht so, wie du meinst!"

„Ach", sagte Jupp, „wie meine ich es denn? Der feine Doktor Gardawski hat mir bereits einiges erklärt. Ich glaube schon, dass ich verstehe, was da abgelaufen ist."

Elli verstummte kurz, dann sagte sie: „Doktor Gardawski? Du bist also in der alten Hütte?"

„Ja", äffte Jupp ihren Tonfall nach, „Doktor Gardawski ist hier in der Hütte, du hast ihn ja fein eingewickelt hier abgelegt. Er hat mir alles erzählt. Das wirst du mir büßen, da kannst du dich drauf verlassen!"

„Du meinst, ich bin ein Nichts und du hast das Sagen?", fragte Elli fordernd. „Ja, genau, und gnade dir Gott, du wirst den Rest deines Lebens im Knast sitzen, du Mistweib!"

Elli gluckste leicht, hüstelte dann und sagte: „Ja, wenn du meinst … Eigentlich wollte ich dir alles erklären. Ich habe dich die ganze Zeit nur beschützt und dafür gesorgt, dass dir nichts Schlimmes passiert."

„Nichts Schlimmes passiert?", schrie Jupp wutentbrannt. „Du setzt mich unter Drogen, ich gehe beinahe drauf bei einem Autounfall, du lässt mich in eine Klinik einsperren und dann bedroht die Russenmafia mein Leben wegen dir – und du faselst jetzt von Schutz?!"

Ungerührt antwortete Elli: „Ja, du weißt ja gar nicht, was wirklich los war."

Natascha mischte sich in das Gespräch ein: „Frag sie doch mal, woher sie meine Nummer hat, die kennt doch keiner!"

„Wie kommst du eigentlich an die Telefonnummer von Natascha?", fragte Jupp folgsam.

„Das ist eine lange Geschichte", seufzte Elli, „das erzähle ich dir ein anderes Mal. Nun, wenn du mir nicht glaubst – deine Sache. Ich gebe dir nur einen guten Rat, wirklich, um nochmals dein Leben zu retten: Verlass um Himmels willen die Hütte nicht! Keiner darf aus der Hütte gehen, bis ich mich wieder melde."

„Was soll das denn jetzt schon wieder?", raunzte Jupp, „Du glaubst wirklich, dass ich ein solcher Depp bin und wie ein Tanzbär nach deiner Laune tanze? Vergiss es!"

Elli seufzte noch einmal laut und wiederholte langsam: „Wie gesagt, deine Sache. Es ist mein völliger Ernst! Wenn auch nur einer die Hütte verlässt oder betritt, seid ihr alle tot. Ich melde mich wieder, bis dahin unternehmt nichts!"

„Mein Gott, ich fasse es nicht! Elli, was soll das? Bist du jetzt total bescheuert? Elli? Elli, du Miststück, hallo, hörst du mich?" Ratlos schaute Jupp auf das Handy und bemerkte, dass niemand mehr in der Leitung war.

Elli hatte kommentarlos aufgelegt.

Dann rief sie Toni an: „Toni, wir haben ein Problem!"

Sie erklärte ihm kurz die Situation, danach warf sie ihr Handy in den nächsten Abfalleimer und nahm ein neues in die Hand. Sie musste noch die Sache mit den Russen regeln, diese hatten ja jetzt die DVD und konnten weiß Gott etwas damit anstellen. Aber Elli hatte gute Kontakte und war zuversichtlich, wenigstens dieses Problem zu lösen.

Sie haderte immer noch mit sich selbst, dass sie zu spät von Gardawskis Kontaktaufnahme zu den Russen erfahren hatte, sodass diese Jupps Unfall herbeiführen konnten. Der Automobilkonzern war ein anderes Kaliber, aber auch da hatte Elli schon einen ungefähren Plan. Herrgott im Himmel, warum nur war Jupp immer so dämlich?!

Manchmal reicht ein Satz, um ein ganzes Leben zu verändern. Elli Stenzel erinnerte sich jeden Tag an jedes einzelne Wort, woraufhin sich ihr Leben so grundlegend geändert hatte. Sie hatte ein gutes Gedächtnis, das war schon immer so gewesen, und, wie ihr ehemaliger Freund und Schauspiellehrer Fred gemeint hatte, äußerst hilfreich in vielen Lebenslagen.

Sie hatte in einem Club bei Jupp Stenzel als Kellnerin gearbeitet, um sich damit ihre Schauspielausbildung zu finanzieren. Fred war ein guter Kerl gewesen, und ihre Beziehung hätte sie fast harmonisch nennen können. Doch seine Liebe hatte dann doch nicht so weit gereicht, sie auch finanziell zu unterstützen. Elli hatte damit kein Problem gehabt, sie hatte gewusst, dass ihre Leidenschaft für das Theater nur eine von ihren zahlreichen Begabungen war. So lange sie jung und hübsch genug war, hatte sie diese Zeit auskosten und nicht etwa in den Ruf geraten wollen, sie hätte es nur dank einer intimen Beziehung zu etwas gebracht.

Dann war sie Jupp Stenzel persönlich im Club begegnet. Er war viele Jahre älter als sie, schon deutlich angetrunken und in Damenbegleitung; laut dröhnend hatte er Whiskey für alle im Club bestellt bei ihr. Sie hatte lächelnd das Tablett mit der Flasche und den Gläsern an den Tisch gebracht, war gestrauchelt – und alles hatte sich über ihn ergossen ... Statt sie zu feuern, hatte sich Jupp Stenzel in diesem Augenblick in sie verliebt. Und weil sie sich gesträubt und anfangs nichts hatte wissen wollen von ihm, hatte er begonnen, sie heftig zu umwerben in den nächsten Wochen. Mit Wagenladungen voller Blumen, teuersten Parfums und Perlenketten hatte er sie überhäuft, doch damit war Elli nicht zu beeindrucken gewesen. Nichts war ihr wichtiger als ihre Eigenständigkeit, das war schon immer so gewesen.

Aber zu einem Jupp Stenzel sagte man nicht nein, niemals. Womit er schließlich ihr Herz erobert hatte, hatte sie ihm nie verraten, sie konnte schon immer ihre Geheimnisse gut hüten. Es gab in Ellis Seele ein Gefühl, das sie nicht kannte und auch niemals kennenlernen sollte – Vertrauen. Sie vertraute nichts und niemandem und hätte auch gar nicht gewusst, warum sie wem vertrauen sollte: Es lief letztendlich doch immer darauf hinaus, dass am Ende eine Enttäuschung stand.

Es hätte eine passable, recht gute Ehe werden können, trotzdem. Doch dann war Elli schwanger geworden, wenige Monate nach der Hochzeit, und damit hatte ihr Leben eine Wende genommen. Elli hatte das Kind nicht haben wollen, Jupp hingegen schon, und Elli hatte sich durchgesetzt. Sie hatte eine Abtreibung vornehmen lassen, und als sie es Jupp gesagt hatte, hatte dieser die Beherrschung verloren und sie geschlagen, das erste und einzige Mal. Und er hatte sie angeschrien: „Ohne mich bist du ein Nichts, ICH bestimme dein Leben! Du gehörst mir, und du hast zu tun, was ich dir sage!"

Dieser Satz hatte ihr Leben für immer verändert. Seit diesem Tag hatte Elli beschlossen, sich unabhängig von Jupp zu machen. Als erstes hatte sie sich sterilisieren lassen.

Eines ihrer zahlreichen Talente war der Umgang mit dem PC. Nach und nach hatte sie sich im Haus ein eigenes Zimmer eingerichtet, vollgestopft mit der jeweils aktuellsten und besten Hard- und Software. Sollte Jupp ruhig glauben, dass sie ihre Zeit mit Spielen und Social Media vertat. Jupp hatte ihr freie Hand gelassen, und wohl aus Reue darüber, dass er sie geschlagen hatte, hatte er sie nach Strich und Faden verwöhnt, vor allem finanziell. Und Elli hatte das Geld mit vollen Händen ausgegeben. Allerdings nicht für Friseur, Wellnesshotels und Shoppingtouren, wie Jupp glaubte, sondern für Aktien. Und auch diesbezüglich hatte Elli ein geschicktes Händchen gehabt, sie hatte einen untrüglichen Instinkt für lohnende Geldanlagen, und nach etwa zwei Jahren hatte sie ihre erste Million zusammen gehabt. Elli hatte unbeirrt weiterinvestiert.

Für Jupp hatte sie weiter das naive Dummchen gespielt, die Rolle ihres Lebens, wie sie manchmal ironisch selbst anmerkte. Etwa fünf Jahre nach der Heirat war Jupp fast Pleite gegangen. Er hatte sich verspekuliert und sich auf krumme Geschäfte eingelassen, indem er sich, wie immer, selbst überschätzt und geglaubt hatte, dass er ein Bordell mitten in Duisburg irgendwie schon durchboxen könnte, gegen alle Gesetze und lokale Platzhirsche im Rotlichtmilieu. Da war Schmitt-Vossen in sein Leben getreten und hatte Jupp noch einmal vor dem Schlimmsten bewahrt. Elli mochte Schmitt-Vossen vom ersten Augenblick an nicht. Sie misstraute ihm aus tiefstem Herzen und hielt sich, soweit es ging, von ihm fern. Sie hatte das sichere Gefühl, dass er genau der Typ Mensch war, der ihr eines Tages gefährlich werden könnte.

Ein Jahr später hatte Jupp das Bordell verkauft – an Elli. Was er natürlich nicht gewusst hatte, und was er natürlich auch nie erfuhr. Elli hatte nach den ersten großen Erfolgen an der Börse begonnen, sich ein kleines, aber feines Netzwerk aufzubauen, in dem niemand wusste, wer sie war. Sie hatte – im Gegensatz zu Jupp – ein sicheres Gespür dafür, die Balance im undurchsichtigen Geflecht von Behördendschungeln und gekränkten Möchtegern-Ruhrpottgrößen zu halten. Indem sie Letzteren über Strohmänner immer wieder Entgegenkommen signalisiert hatte, war es ihr gelungen, ein Etablissement der Edelklasse aufzubauen, sodass sie etwaigen Konkurrenten aus dem Weg ging.

Während Jupp nach der Erfahrung in Duisburg die Laufbahn eines ehrbaren Geschäftsmannes einzuschlagen versucht hatte, hatte Elli ihr kleines Reich weiter ausgebaut und war zur unbekannten Größe der halbseidenen Unterwelt aufgestiegen. Mit Geld ging einfach alles, wenigstens in dem Punkt war sie sich mit Schmitt-Vossen einig. Ihre Schaltzentrale zu Hause, wie Elli sie liebevoll nannte, war mittlerweile fast eine reine Kulisse geworden, sie hatte sich – unter einem anderen Namen natürlich – in einem Penthouse in Dortmund ein neues `Büro´ eingerichtet.

Inzwischen war sie zu der Überzeugung gelangt, dass Jupp aufgrund seiner fortwährenden Selbstüberschätzung und tumben Art, seinen Kopf durchzusetzen immer wieder in brenzlige Situationen wie in Duisburg geraten würde. Und sie hatte recht behalten: Schmitt-Vossen hatte ein ums andere Mal Jupps Kopf aus der Schlinge gezogen. Schließlich hatte Elli sich zu einem drastischen Schritt entschieden: Sie hatte begonnen, nach und nach Jupp insgeheim zu kontrollieren. Sie hatte sich Zugang zu seinem Handy, seinem Telefon und seinem PC verschafft – eine Kleinigkeit angesichts Jupps Sorglosigkeit in diesen Dingen. Später waren Kameras und Mikrofone hinzugekommen. Und so hatte Elli meist vor Schmitt-Vossen Bescheid gewusst, wenn Jupp sich mal wieder in eine heikle Situation gebracht hatte. Ein hübscher Nebeneffekt war gewesen, dass sie ihre Kontakte ausbauen und erweitern konnte.

Insgeheim belustigte sie die Situation ihrer Ehe: Jupp war genau das, wofür er sie hielt, naiv und provinziell. Amüsiert hatte sie einmal Schmitt-Vossen im Gespräch mit Jupp belauscht und sich vor ihrem PC fast ausgeschüttet vor Lachen. Jupp hätte mit einer anderen Frau Präsident werden können. Ausgerechnet Jupp! Das Höchste, was sie sich bei ihm vorstellen konnte, war das Amt des regionalen Schützenkönigs. Sie dagegen hatte mehr Macht, Geld und Einfluss, als selbst Schmitt-Vossen es sich selbst in seinen kühnsten Träumen nicht für Jupp vorstellen konnte. Aber das alles war für Elli gar nicht so wichtig. Für sie war das Wichtigste ihre Unabhängigkeit. Sie blieb nur bei Jupp, weil sie ihn wirklich liebte.

Jahrelang war alles einigermaßen gut gegangen.

Doch dann hatte Jupp den bisher größten Fehler seines Lebens gemacht: Er hatte Rüdiger Gardawski mit einer DVD erpresst, wie immer, ohne die Folgen zu bedenken und die Tragweite abzuschätzen.

Das Problem war gewesen, dass Gardawski bei einem der größten Automobilhersteller gearbeitet, sich seiner Spielsucht hingegeben hatte und in den Fängen der russischen Mafia gelandet war. Elli hatte sogleich größeres Unheil geahnt, nachdem sie gründlich recherchiert hatte, als sie von Jupps neuesten Aktionen dank ihrer perfekten Überwachungsstrategie erfahren hatte.

Und so war es dann auch gekommen. Unabhängig voneinander hatten sowohl der Konzern als auch die Russen versucht, in den Besitz der DVD zu gelangen, und dann hatte sich auch noch Gardawskis Bruder aus Rachsucht dazugesellt.

Elli hatte kühl einen Plan ausgearbeitet und sich zunächst auf den Bruder konzentriert, den sie für am gefährlichsten gehalten hatte, weil ihn Emotionen trieben und somit am unberechenbarsten machten.

Sie hatte es so eingerichtet, dass sie sich `zufällig´ kennenlernten, wobei Gardawski sogar der Meinung gewesen war, er hätte es arrangiert. Zum Schein hatte sie sich auf sein Rachespiel eingelassen.

Sie hätte Jupp Psychopharmaka verabreichen sollen, damit dieser einen Unfall verursachen und sterben würde. Allerdings hatte Elli dies nicht umgesetzt, sondern Jupp harmlose Vitaminpillen gegeben. Wieso es dennoch zu dem tragischen und folgenreichen Unfall gekommen war, hatte sie erst später erfahren. Jemand hatte die Bremsflüssigkeit in Jupps Wagen abgelassen. Nachweisbar war dies nicht mehr, da der Wagen nach dem Unfall so verschrottet war, dass diese Manipulation nicht mehr zu rekonstruieren war.

Gardawski war außer sich gewesen, dass Jupp überlebt hatte und hätte ihn beinahe in der Klinik sterben zu lassen – irgendeine Manipulation an einer Infusion, und schon hätte Jupp das Zeitliche gesegnet. Elli hatte dies verhindert, indem sie ihn überzeugt hatte, dass sie zunächst einmal eine Generalvollmacht von Jupp brauche, und die konnte er nun einmal nur lebend ausstellen. Mit Widerwillen hatte sie darüber auch mit Schmitt-Vossen geredet, und erstaunlicherweise hatte er sie bei diesem Vorhaben unterstützt, hatte er doch eingesehen, dass, wenn Jupp etwas zustieße, würde er seinen besten Klienten verlieren und dann musste er sich mit Elli gut stellen, die er persönlich für eine oberflächliche und dämliche Person hielt.

Zu Hause hatte sie Jupp dann drei Schlaftabletten gegeben und ihn auf eine geschlossene Station in die psychiatrische Klinik St. Elisabeth bringen lassen, indem sie angegeben hatte, er habe Selbstmordabsichten gehabt. Elli hatte gehofft, dass Jupp dort erst einmal sicher wäre und obendrein keine weiteren Dummheiten begehen könnte. Dummerweise hatte Schmitt-Vossen wieder einmal seine Hände ins Spiel gebracht und Jupp aus der Klinik geholt. Elli hatte vor Wut geschäumt; alles, aber auch wirklich alles machte dieser Schmitt-Vossen zunichte. Dann war Jupp von seinem Ausflug mit Schmitt-Vossen mit Verdacht auf Schlaganfall erneut ins Krankenhaus eingeliefert worden, wo Gardawski arbeitete. Elli hatte getobt, hatte Schmitt-Vossen verwünscht und Jupp insgeheim mit allen Schimpfnamen bedacht, die sie kannte. Nun wäre er eine leichte Beute für den rachsüchtigen Arzt. Ihre Gedanken waren gerast, und ihr Gehirn hatte auf Hochtouren gearbeitet.

Sie hatte erfahren, dass Gardawski Kontakt zur russischen Mafia aufgenommen hatte und nun erst recht das Schlimmste für Jupp befürchtet. Diese Typen würden nicht zögern, Jupp fertigzumachen, nur um an die DVD zu kommen. Sie war also mit Gardawski nach Mallorca geflogen, als Jupp wieder in der Klinik gelandet war und hatte gehofft, so mehr Informationen aus ihm herauszubekommen. Im Flugzeug hatte sie bemerkt, dass ein zwielichtig aussehender junger Mann sie beide fotografiert hatte und Gardawski gefragt, was dies zu bedeuten hätte. Hämisch grinsend hatte er dieser ihr erklärt, dass er den Mann beauftragt hätte, um Jupp bloßzustellen und zu demütigen. Elli hatte nichts gesagt, sich nur in Gedanken notiert, dass sich jemand um dieses Foto und den Mann kümmern müsse. In Mallorca hatte sie dann von Gardawski erfahren, als er eines Tages schon ziemlich betrunken war, dass die Russen die Bremsen von Jupps Auto manipuliert hatten. Und dass er es gewesen war, der sie auf Jupps Spur gebracht hatte. Das hatte Elli gereicht. Solange Gardawski lebte, war er eine Gefahr für Jupp und sie. Also hatte sie einen Plan entwickelt: Nach der Rückkehr hatte sie Gardawski unter einem Vorwand in das alte Holzhaus im Wald gelockt.

„Toni, ich brauche dich. Sofort!", hatte sie einen alten Freund abgerufen. Sie hatte ihm die Adresse des Hauses im Wald genannt, wo er unbemerkt auf sie warten sollte. Als sie mit Gardawski im oberen Stockwerk angekommen war, hatte Toni ihn niedergeschlagen, ihn gefesselt und ihn in dem Haus alleine zurückgelassen. Dann hatte sie Kontakt zu einigen willigen Helfern von Toni aufgenommen („Helfer für alles, wenn die Kohle stimmt") und sie damit beauftragt, den Fotografen aufzuspüren, das Bild zu vernichten und ihm klar zu machen, dass er sich das nächste Mal seinen Auftraggeber besser aussuchen sollte.

Dann hatte Martina sich gemeldet, Jupps verschollene Schwester aus Hamburg. Sie besaß also die DVD jetzt, wusste Elli. Martina hatte alles erzählt, was auf dem Schrottplatz geschehen war, nur die Pistole hatte sie geflissentlich unterschlagen. Elli hatte begriffen, dass Martina ihr schlechtes Gewissen erleichtern wollte, und ihr vorgeschlagen, sich mit ihr im Haus zu treffen und die DVD an sich zu nehmen. Natürlich hatte sie verschwiegen, dass es eine Kopie gab, das ging Martina ja auch gar nichts an.

Toni hatte ihr knapp mitgeteilt, dass der Auftrag erledigt sei.
„Welcher?", hatte Elli ungeduldig gefragt.
„Beide."
Elli hatte die Augen geschlossen und nachgedacht. Die Angelegenheit mit dem Fotografen war also geklärt. Der zweite Auftrag hatte Gardawski im Holzhaus betroffen.

Dann hatten sich mal wieder die Ereignisse überschlagen. Über Jupps Handy hatte sie mitbekommen, dass Jupp sich in Liechtenstein aufgehalten hatte. Wie zum Teufel war er dorthin gelangt? Er war doch halbseitig gelähmt nach seinem Schlaganfall. Schmitt-Vossen hatte ihn dort angerufen und dringend in Jupps Villa bestellt. Elli hatte in

Dortmund in ihrem Penthouse gesessen und neues Unheil auf Jupp zukommen sehen. Immer wenn Schmitt-Vossen ins Spiel kam, war etwas schiefgegangen oder ging später schief.

Danach hatte Elli zwei Anrufe von Informanten erhalten, die ihr das Ergebnis ihrer Recherche mitgeteilt hatten: Die toten Prostituierten, die von der Polizei im Fundament von Jupps Einkaufscenter gefunden hatte, waren eindeutig die Frauen aus der Ukraine gewesen, verschwundene Gefährtinnen von Natascha. Wahrscheinlich hatte die russische Mafia nach dem erfolgreichen Verschwinden von Natascha ein Exempel statuieren und gleichzeitig Jupp schaden wollen. Das Problem an der ganzen Sache war, dass eine von den nun mausetoten Frauen auf der DVD zu sehen war. Es war also nur eine Frage der Zeit, bis die Polizei zu ähnlichen Ergebnissen wie Elli kam, wenn die DVD bei der Polizei landen würde. Und dann könnte auch ein Schmitt-Vossen Jupp nicht mehr helfen.

Einer der Monitore hatte wie wild geblinkt, und Elli hatte aufgesehen. Es war der PC, auf den sie die Überwachungskameras in der Villa geschaltet hatte. Sie hatte das Video zurückgespult bis zu dem Moment, als der Lautsprechersensor das Signal zur Aufnahme gegeben hatte. Sie hatte Schmitt-Vossen gesehen, und dann noch drei Männer, die sie instinktiv ins Milieu eingeordnet hatte. Elli hatte aufgestöhnt: Schmitt-Vossen in ihrem Wohnzimmer, mit diesen Gestalten, und Jupp war von seinem Anwalt dorthin beordert worden. Regungslos hatte sie zugesehen, wie Jupp und zwei Frauen (Natascha und wer noch?) überwältigt und ins Wohnzimmer geschleift worden waren. Rasch hatte sie die Zeit auf dem Video mit der aktuellen Uhrzeit verglichen und festgestellt, dass mindestens eine Stunde seitdem vergangen war. Dann hatten Schmitt-Vossen und die drei Gestalten die

Villa verlassen, kurze Zeit später waren ihnen Jupp und die zwei Frauen gefolgt, nachdem sie sich von den Fesseln befreit hatten.

Elli hatte den Tag verflucht, als Natascha in Jupps Leben spaziert war, seitdem gab es nur Ärger. Andererseits hätte sie so Toni nie kennengelernt, einen äußerst gerissenen und mit allen Wassern gewaschenen Italiener, der sie getreulich über Jupp auf dem Laufenden hielt. Er war der Einzige, der wusste, wer sie war. Und sie mochten sich auch persönlich sehr; schon manchen Abend hatte sie mit ihm in Dortmund in der Pizzeria Italia verbracht. So hatte sie auch von Natascha erfahren. Und natürlich hatte sie Nataschas Handynummer von Toni bekommen. Sie hatte also dort angerufen. „Zdrá vstvuyte!", hatte sie gehört.

„Hallo Natascha, ich heiße Elli Stenzel und bin die Frau von Jupp. Ist er bei Ihnen? Ich muss ihn dringend sprechen!"

Toni Scapaletti hatte am Eingang im alten Holzhaus eine Sprengfalle gelegt. Wenn jemand das Zimmer im oberen Stockwerk betrat, wo Gardawski lag, löste er den Mechanismus aus. Und wenn dann jemand das Haus betreten oder wieder verlassen wollte, würde eine hübsche kleine Bombe alles in Schutt und Asche legen.

„Was ist los?", fragte Natascha ungeduldig. „Was hat sie gesagt?" Jupp schüttelte nur den Kopf und ging die Treppe hinunter. Er sah die Eingangstür genau an und entdeckte dann zwei blaue Schnüre, die in das Zimmer nebenan und dann aus dem Fenster führten. Die anderen waren ihm hinterhergelaufen und erschraken, als Jupp leichenblass auf die blauen Schnüre zeigte und stammelte: „Mein Gott, es ist eine Bombe! Elli, was hast du nur getan? "

Kapitel 14 (Lars Albrecht)

„EINE BOMBE!?", schrie Doktor Gardawski hysterisch und wollte die Hütte bereits auf dem schnellsten Wege verlassen. Gott sei Dank konnten die beiden Frauen den lädierten Mediziner im Nullkommanichts ein weiteres Mal zu Fall bringen und am Boden fixieren.

„Wir wissen nix, ob Bombe geht hoch, wenn jemand raus!", schrie Natascha, die sich angesichts ihrer eigenen Furcht offenbar nicht ausreichend auf richtiges Hochdeutsch konzentrieren konnte, dem erfolglosen Flüchtenden direkt ins Ohr, „erst mal wir bleiben hier und denken!"

Das tat Jupp sowieso schon. So angestrengt, dass er selbst nicht einmal versuchen konnte, den Arzt an seiner überstürzten Flucht zu hindern. Was trieb Elli nur für ein falsches Spiel mit ihm? Oder spielte sie ihm das falsche Spiel nur vor und versuchte in Wahrheit wirklich nur, ihn zu beschützen, wie sie gesagt hatte?

Vielleicht sollte er sich jetzt lieber auf die eigentliche Bedrohung, die Bombe, konzentrieren, aber er hatte das Gefühl, dass die Antwort auf die Elli-Frage auch die Antwort auf das richtige Verfahren wegen des Sprengstoffs war.

„Was machen wir jetzt?", fragte Mari unter der Anstrengung, den sich heftig wehrenden Arzt weiter von jeglicher Bewegung abzuhalten.

Obwohl sie das Wort eindeutig an Natascha gerichtet hatte, antwortete Jupp als Erster, da er mit seinen eigenen Überlegungen nicht weiterkam: „Unsere Chancen sind gleich gut, ob wir hierbleiben oder rausgehen. Elli meinte, hier drinnen sind wir erstmal sicher."

„Seit wann können wir der wieder vertrauen?"

Jupp hatte von seiner Schwester noch nie einen solch sarkastischen Tonfall gehört … allerdings war dieser auch noch nie so angemessen gewesen.

„Können wir nicht", meinte der immer noch auf dem Bauch liegende Doktor Gardawski überraschend gelassen, „Ich hab ihr vertraut und man sieht ja, was draus geworden ist."

„Das hilft auch nicht weiter!", blaffte Jupp ihn an. Dass Elli anscheinend ihren Geliebten entsorgen wollte, hieß noch längst nicht, dass sie ihren Ehemann und zwei Frauen, die auch in ihren Augen als vollkommen unschuldig – woran auch immer – gelten dürften, gleich mit in die Luft jagen würde. Immerhin konnte sie doch nicht wissen, dass Jupp ausgerechnet heute, um diese Zeit, diese Hütte aufsuchen würde, in die seit Jahren niemand mehr legal einen Fuß gesetzt hatte. Andererseits war auch keinesfalls auszuschließen, dass sie sich nun irgendwo versteckt über diesen unwahrscheinlichen Zufall freute, weil sie nun zwei Fliegen mit einer Klappe schlagen konnte und nur noch darauf wartete, dass ihr Komplize die Bombe zünden konnte.

„Wenn sie uns alle umbringen wollte, hätte sie doch längst den roten Knopf gedrückt", meinte Natascha, womit sie vielleicht sogar recht hatte. Das hieße dann, dass es sich hierbei wirklich um eine Sprengfalle handelte, was zu Ellis Warnung, laut der niemand die Hütte betreten oder verlassen durfte, passen würde.

„Also warten wir erst mal hier, bis Elli Entwarnung gibt?", fragte Jupp die anderen in der inständigen Hoffnung, diese Entscheidung nicht selbst treffen zu müssen.

„Nein!", widersprach Doktor Gardawski jedoch, „Wenn das nun eine Zeitbombe ist und Elli uns nur lange genug hierbehalten will, bis wir alle in die Luft fliegen?"

Auch das war denkbar, aber leider machte dieser Einwand die Sache nicht leichter.

„Also verschwinden wir?", wollte Jupp wissen.

„Nein!", schrien ihn seine Schwester und Natascha im Chor an.

„Eine Zeitbombe hätte doch keine sichtbaren Drähte", erklärte Natascha ihren Widerspruch.

„Außerdem höre ich hier nirgendwo ein Ticken", fügte Mari hinzu, die scheinbar alles glaubte, was sie im Fernsehen sah, „Haben wir Werkzeug hier? Dann könnte ich den Draht durchschneiden und das Problem wäre gelöst."

„Keiner fasst die Bombe an!", gebot Natascha in einem Tonfall, dass niemand mehr wagen würde, eine andere Meinung zu äußern.

„Ich ruf Schmitt-Vossen an", schlug Jupp immer noch unschlüssig vor, „der hat bestimmt auch einen Kontaktmann, der sich mit Sprengstoff auskennt."

Zumindest käme Jupp sich auf diese Weise nützlich vor.

Als Natascha mit einer Hand nach dem Handy in ihrer Tasche greifen wollte, gelang es dem Arzt, sich aus dem improvisierten Polizeigriff der beiden Frauen zu befreien, sich zu erheben und die Flucht anzutreten.

„Haltet ihn auf!", schrie Jupp panisch, weil er immer noch befürchtete, dass alles, was sie taten oder nicht taten, die Bombe hochjagen könnte. Diese Aufforderung war allerdings nicht hilfreicher als Jupp selbst, denn auf diese Idee wären Natascha und seine Schwester auch allein gekommen. Jedoch hatten sie zu spät reagiert: Doktor Gardawski war der Tür bereits zu nahe, als dass ihn noch jemand einholen konnte. Verzweifelt sah Jupp sich nach einem Objekt um, das er dem Arzt an den Kopf werfen konnte, fand aber nichts in seiner Reichweite.

Dann ertönte ein Knall. Ein überraschend leiser, was Jupp darauf schob, dass man im Zentrum einer Explosion wohl nicht so viel davon hörte, ehe es vorbei war. Eigenartig war nur, dass sich alles so normal anfühlte. Außer, dass er Doktor Gardawski hören konnte, der wie am Spieß schrie. Dieser lag nun auf dem Rücken, hielt sich das rechte Schienbein und wälzte sich hin und her wie ein Fußballprofi, nachdem er einer Blutgrätsche zum Opfer gefallen war … oder wenn er einen Elfmeter schinden wollte.

„Wer hat da geschossen?", wunderte sich Mari und blickte sich hektisch um. Natascha hingegen hatte den Ursprung des Projektils bereits gefunden, doch sie konnte nicht fassen, wen sie da am Fenster stehen sah.

„Toni?", brachte sie lediglich heraus, was im Lärm, den der verletzte Arzt verursachte, beinahe unterging.

Toni? schoss es auch Jupp durch den Kopf. Doch nicht etwa der Toni, den wir beide kennen? Nein, das war unmöglich. Toni hatte zwar ein einziges Mal zwei Halbaffen gegenüber angedeutet, dass er Verbindungen zur Mafia hätte, aber das war doch nur eine leere Drohung gewesen, oder etwa nicht?

„Si, Natascha", erklang tatsächlich die vertraute Stimme von Jupps altem italienischem Bekannten.

„Was machst du denn hier?"

„Euche retten." Mit diesen Worten drückte Toni Scapaletti die Überreste der zerschossenen Fensterscheibe aus dem Rahmen und kletterte ins Innere der Wohnung. „Iche lasse immer eine Hintertürchen für solche Fälle. Oder wie hiere eine Fenster, das nicht mit der Bombe iste verbunden", erklärte er in dem sachlichen Tonfall eines Handwerkers, der die Heizung reparieren sollte. Und mit einem Blick Richtung Doktor Gardawski fügte er hinzu: „Sei froh, eigentlich habe iche gezielt auf deine Körpermitte." Daraufhin wich Doktor Gardawskis Brüllen einem leisen, zurückhaltenden Wimmern.

Zu perplex, um in irgendeiner Form zu reagieren, beobachteten Mari und Natascha, wie der sonst so unscheinbare Toni durch die Diele ging, sich hinhockte und anfing, ein Bodenbrett herauszureißen. Jupp aber hatte ein paar neue Fragen, die im Gegensatz zu allen anderen, vielleicht endlich einmal beantwortet werden könnten: „Also arbeitest du für Elli?"

„Wen?"

„Meine Frau."

„Iche kriege meine Aufträge von einer Signiora, aber keine Ahnung, wer sie ist. Aber das kann doch unmöglich deine Frau sein, weil du sagst doch immer, deine Frau wäre …", Toni suchte offenbar nach dem richtigen Begriff. „Stupido", meinte er schließlich. Natürlich wusste Toni, dass Jupp genau richtig lag, aber er hatte Elli versprochen, niemals mit irgendjemandem, außer ihr selbst, darüber zu reden. Bei Jupp sollte er mit Sicherheit keine Ausnahme machen.

Als Toni gerade einen überraschend harmlos wirkenden Kasten unter den Bodenbrettern hervorholte, mischte Natascha sich wieder ein: „Und das sollen wir dir glauben? Dass du für irgendeine unbekannte Frau Bomben legst?"

Toni war enttäuscht. Gerade von Natascha hätte er ein bisschen mehr blindes Vertrauen erwartet. Im Augenblick war das aber nicht wichtig, sondern nur, dass er die Bombe entschärfte und dass niemand seine Brüder draußen bemerkte, die sich später noch auf andere Weise um das Doktorchen kümmern sollten.

Um die Diskussion vorläufig abzuschließen, stellte Toni den Kasten vorsichtig ab, wandte sich Natascha zu und redete auf seine klischeebehaftete italienische Art mit beiden Händen: „Keine Zeit für Erklärungen, iche brauche beide Hände für die Bombe."

Anstatt durch das Fenster, durch das Toni hereingekommen war, herauszusteigen, schwor sich Natascha, ihn später noch einmal zur Rede zu stellen. Da die anderen beiden ebenfalls die eine oder andere Frage hatten, dachten sie auch noch nicht daran, den offenbar sicheren Ausgang zu benutzen. Jetzt musste Natascha sich aber erst einmal von Toni und seiner Arbeit ablenken, deshalb zückte sie ihr Handy … und musste beinahe lachen.

„Was ist so lustig?", erkundigte sich Mari nach dem Grund für Nataschas plötzliche, überraschende Fröhlichkeit. Natascha sagte gar nichts, sondern hielt ihr und Jupp einfach nur das Handy hin, sodass sie es selbst lesen konnten: Eine drei Minuten alte Kurznachricht von einer unbekannten Nummer, aber eindeutig von Elli, laut der jeden Moment jemand kommen würde, um sich um die Bombe zu kümmern. Im Eifer des Gefechts hatte Natascha gar nicht bemerkt, wie sie diese bekommen hatte, doch hätte sie es, wäre ihnen und besonders Doktor Gardawski einiges erspart geblieben.

Toni hatte zwar mitbekommen, worüber sich die drei Leute, die er nicht angeschossen hatte, amüsierten, aber er realisierte es nicht wirklich, da er sich auf etwas anderes konzentrierte. Doch nicht etwa auf die Bombe, wie man vermuten würde, diese konnte er selbst im Halbschlaf mit verbundenen Augen und einer Hand hinter dem Rücken spielend leicht entschärfen. Was ihn in diesem Augenblick, ebenso wie bei seinem letzten Aufenthalt in dieser Hütte, beschäftigte, war die Kette von Ereignissen, die ihn zu diesem Tag, diesem Auftrag geführt hatte.

Als wäre es gestern gewesen, erinnerte Toni sich noch an jedes noch so kleine Detail, jede noch so unscheinbare Entscheidung. Begonnen hatte es mit der Ausbildung zu seinem Traumjob: Sprengmeister bei einem Abrissunternehmen. Manch einer mochte dies vielleicht krank finden, aber Explosionen hatten Toni schon immer fasziniert.

Weil dieser Job allerdings nicht annähernd so spektakulär war, wie er es sich vorgestellt hatte, musste er sich etwas anderes suchen, um seinem Leben den besonderen Kick zu verleihen. So führte ihn sein Weg in ein illegales Mafiacasino, welches sich – wie könnte es auch anders sein – im Hinterzimmer der Pizzeria Corleone befand.

Nach einer anfänglichen Glückssträhne packte ihn die Spiellust, doch sein guter Lauf schlug ins Gegenteil um. Egal was: Roulette, die Karten, die Würfel, alles schien gegen ihn zu sein. Er verlor eine größere Summe nach der anderen, lieh sich Geld, weil er fest mit der Rückkehr seines Glücks rechnete, verlor noch mehr, lieh sich noch mehr Geld … und hatte schließlich einen immensen Schuldenberg bei den falschen Leuten angehäuft.

Irgendwann war Zahltag, nur leider konnte Toni die Forderungen seiner Gläubiger nicht einmal annähernd erfüllen. Weshalb er sich in einem dunklen Raum noch weiter hinten von zwei Muskelmännern auf einen Stuhl gedrückt wiederfand, während ein dritter Kraftprotz vor ihm stand, bedrohlich mit den Knöcheln knackte, und ein vierter Mann – wenigstens einer mit einer durchschnittlichen Statur – zu ihm sprach: „Weißt du, wie viel Geld wir dir geliehen haben?"

„Ja, na – natürlich", stammelte Toni beunruhigt.

„So, und weißt du auch, wie viel Geld du uns schuldest?" Dass Verbrecher astronomische Zinsen von ihren Schuldnern nahmen, war Toni ja durchaus bewusst, doch aufgrund seiner stetigen Hoffnung, er würde den Jackpot noch knacken, hatte er nicht einen Gedanken daran verschwendet. „Wie gedenkst du, das zu begleichen?"

Weil von dem verängstigten Sprengmeister jede Antwort ausblieb, erhielt er einen schweren Schlag in den Magen. „Und?"

„Ich weiß nicht. Gebt mir Zeit!"

Der Sprecher nickte dem einzigen Muskelmann mit zwei freien Händen zu. „Zeig unserem Gast, was wir mit säumigen Zahlern machen."

Der Angesprochene zog sich bereits einen Schlagring über die Hand und holte aus, doch zu Tonis großer Verwunderung und Erleichterung wurde er noch mal aufgehalten.

„Ich bin ja kein Unmensch. Was hältst du davon, wenn du deine Schulden abarbeitest?"

„Gerne!", nahm Toni dieses Angebot sofort an, ohne zu wissen, worum es überhaupt ging. Hätte er allerdings kurz darüber nachgedacht, selbst wenn es nur für den Bruchteil einer Sekunde gewesen wäre, hätte er sich vielleicht doch lieber verprügeln lassen. Der Mafioso war nämlich nur deshalb kein Unmensch, weil er genau wusste, womit Toni normalerweise sein Geld verdiente.

Als er das erste Mal eine Bombe für seine verbrecherischen Auftraggeber legen sollte, hatte er bewusst einen Fehler gemacht, sodass niemand zu Schaden gekommen war. Was genau das war, was man nicht von ihm erwartet hatte. Er hatte zwar gehofft, man würde dadurch seinen guten – oder viel eher schlechten – Willen erkennen und ihn mit einem blauen Auge davonkommen lassen. Naja, so kam es dann ja auch, nur war das blaue Auge keinesfalls metaphorisch gemeint. Fortan erledigte er seine inoffiziellen Aufträge lieber zur Zufriedenheit der Leute, die ihn in der Hand hatten.

Wie viele Menschen er durch die Bomben, die er selbst legen musste, oder den Sprengstoff, den er für das Verbrechersyndikat mitgehen ließ, auf dem Gewissen hatte, wollte er lieber gar nicht wissen, aber allein der Gedanke reichte, um seine Spielsucht von einem auf den anderen Tag zu kurieren.

Im Laufe der Zeit lernte Toni autodidaktisch, wie man Gebäude nicht nur sprengte, sondern eine Falle legte, sodass niemand in der Nähe sein musste, um den Auslöser von Hand zu betätigen. So wurden seine Sprengfallen schließlich auch immer aufwendiger und einfallsreicher, sodass bald ausgeschlossen war, dass der Falsche sie auslöste.

Was er jedoch nie und nimmer erwartet hätte: Er fand bei der Mafia tatsächlich Leute, die er als seine Freunde bezeichnen würde. Eben solche Einfaltspinsel, wie Toni einer war, die auch ihre Schulden durch illegale Aktivitäten abarbeiten mussten, die aber durchaus bereit wären, auch von anderen Auftraggebern zweifelhafte Jobs anzunehmen, um sich eines Tages freikaufen zu können.

Da man längst nicht jeden Tag Arbeit für einen verschuldeten Sprengmeister hatte, hatte Toni viel Zeit, sich in Ergüns Pommesbude aufzuhalten, in der nicht nur die Preise für einen Mann in seiner Lage annehmbar waren, sondern er außerdem seine Sorgen und sein geplagtes Gewissen für eine Weile vergessen konnte. Mit den anderen Kunden herumzualbern, hatte etwas Befreiendes. So hatte er Josef Stenzel tatsächlich rein zufällig kennengelernt.

Seine Begegnung mit Elli Stenzel hingegen war keineswegs rein zufällig gewesen. Im Gegenteil. Elli hatte alles arrangiert, nachdem sie sich über Toni und Ergün umfassend informiert hatte, wobei sie tatsächlich herausbekam, für wen Toni arbeitete. Sowohl offiziell, als auch inoffiziell, sodass sie nicht nur wusste, dass er Jupp kannte, sondern ebenfalls, welche Art von Kontakten er während seiner langen Verbrecherkarriere knüpfen konnte. Eine Leistung, für die er sie heute noch bewunderte und für die er dankbar war, denn deshalb hatte sie ihn und nicht Ergün ausgewählt, um Jupp auszuspionieren. Doch damit er dazu allzeit bereit war, musste sie ihn erst einmal bei der Mafia freikaufen.

Außer ihm hatte sie sich bisher noch niemandem zu erkennen gegeben, und bei ihm hatte sie auch nur eine Ausnahme gemacht, um sein Vertrauen zu gewinnen. Sie wollte ihn, Toni, von Anfang an wissen lassen, dass es für ihn ungefährlicher und psychisch weniger belastend wäre, wenn er für sie, statt weiterhin für das organisierte Verbrechen arbeitete, sodass er nicht anders konnte, als anzunehmen.

Die Mafia konnte scheinbar tatsächlich auf ihn verzichten, zumindest ließ sie ihn fortan in Ruhe. Er war schuldenfrei, sofern man seine Lebensschuld bei Elli Stenzel außer Acht ließ, wegen der er ihr jeden Gefallen tun würde, aber noch nie musste. Er konnte seinen Freunden von Früher gut bezahlte Gelegenheitsjobs verschaffen, was auch jedes Mal ein gutes Gefühl war. Und er musste lange Zeit keine einzige Bombe mehr legen. Alles hatte sich zum Besseren gewendet. Zumindest bis heute Abend, wo sich die Welt auf den Kopf zu stellen schien …

„Iche habe fertig“, verkündete Toni, als das Betreten und Verlassen der Hütte wieder sicher war.

„Sehr gut“, meinte Natascha erleichtert, „dann können wir ja jetzt über deine Auftraggeberin reden, denn dass du keine Ahnung hast, kauft dir keiner ab!“

Toni war das egal. Sollten seine Freunde ihm doch abkaufen, was sie wollten. Hauptsache, sie glaubten seinen älteren Freunden in ein paar Minuten, dass sie Rettungssanitäter wären, die Doktor Gardawski ins Krankenhaus bringen sollten …

Eine knappe halbe Stunde Fußweg entfernt griff ein übergewichtiger Mann nach dem Hörer seines angeblich abhörsicheren Telefons und wählte die Nummer seines Chefs, bei dem es sich, soweit er wusste, um ein Vorstandsmitglied eines namenhaften Fahrzeugherstellers ging.

Aufgrund der späten Stunde dauerte es eine Weile, bis sich jemand meldete: „Ich hoffe für Sie, dass es ein Notfall ist", ertönte die verschlafene, heisere Stimme aus dem Hörer.

„Besser", antwortete der Anrufer ironisch, „ich habe den letzten potentiellen Mitwisser gefunden."

„Was?", fragte der Angerufene nur irritiert.

„Den großen Unbekannten, der Jupps – Josef Stenzels – Puff gekauft hat."

Vor seinem geistigen Auge konnte der Anrufer förmlich sehen, wie sein Boss große Augen machte. „Und wie?"

„So wie ich es von Anfang an gesagt hab. Wir müssen Jupps Umfeld im Auge behalten, weil der heimliche Käufer selbst von Jupp unerkannt bleiben wollte. Demnach sehr wahrscheinlich einer, den Jupp kennt. Und wie ich gesagt habe: Der Unbekannte macht seinen ersten Fehler, wenn wir Jupp nur fest genug an den Eiern packen."

„Bitte nicht so vulgär!"

„Hätten Sie mich eher rausgeholt, hätte ich mir diese Sprache vielleicht gar nicht angewöhnt."

„Wer ist der Kerl denn nun?", ging der Boss gar nicht auf diesen Vorwurf ein.

„Kein Kerl. Eine Frau. Jupps Frau." Der Angerufene schwieg eine Weile. „Sind Sie noch dran?"

„Das überrascht mich dann doch ein bisschen. Ich hätte erwartet, das Bordell hätte ein Mann gekauft, weil es halt ein Bordell ist."

„Ich dachte schon, Sie sagen jetzt, dass Elli Stenzel zu dämlich für so was ist."

„Das kommt noch erschwerend hinzu."

„Boss, vertrauen Sie mir. Mit zwielichtigen Onlinegeschäften kenn ich mich aus."

„Auch damit, wie man seine Spuren verwischt?" Dieser Seitenhieb musste doch wirklich nicht sein. „Ich habe nämlich den Eindruck, dass Elli Stenzel, wenn sie wirklich der große Unbekannte sein sollte, Ihnen da ein bisschen was voraus hat."

„Was denn? Ich hab einmal Scheiße gebaut und wurde sofort erwischt, aber deshalb weiß ich jetzt umso besser, welche Fehler man machen kann."

Ein paar Minuten später, in denen der Anrufer seinem Boss darlegte, worauf sich seine Behauptung stützte, meinte dieser nur noch: „Das klingt dann doch ziemlich einleuchtend. Gute Arbeit, Herr Stenzel."

„Ja, danke! Nun werde ich Jupp, meinen ahnungslosen Bruder, mal anrufen. Ob er sich wohl freut, dass ich aus dem Knast wieder raus bin?"

Kapitel 15 (Ela Mikfeld)

Hans Stenzel, der schwächere und zartere, zweitgeborene Zwilling hatte sehr schwere und schmerzvolle Zeiten hinter sich. Seine und die seiner Geschwister erlebte Kindheit war nicht gerade die, die Kinder brauchten und sich wünschten.

Der Vater war irgendwie abhandengekommen, was aber nicht der größte Verlust der Familie war. Mutter Stenzel, nicht gerade warmherzig und feinfühlig, machte ihre Kinder für ihr verkorktes Leben verantwortlich. Vier Kinder schauten täglich in das ausdruckslose und vom Alkohol aufgedunsene Gesicht ihrer Mutter. Irgendwann fingen sie an, dieses Gesicht zu hassen. Männer sahen es wohl anders, denn die kamen reichlich zu Besuch.

Die Wochenenden, wenn Hans und Jürgen zu Oma und Opa in die Laube duften, waren schon Highlights. Das Leid daheim war bei dem leckeren, warmen Essen schnell vergessen. Der Duft, von Omas gekochten Speisen machte sich in der ganzen Laube breit. Gierig verschlangen die Kleinen die großen Portionen. Opas Part war es, die Kinder zu beschäftigen. Der mit Spielen ausgefüllte Tag verflog im Nu. Da das Häuschen nur wenige Quadratmeter hatte, schliefen sie mit den Großeltern in einem Bett. Eng aneinander gekuschelt genossen sie die Wärme der alten Leute. Die Großeltern lebten sehr bescheiden von einer kleinen Werksrente. Sie glichen ihre Armut aber mit viel Liebe und Verständnis für die Enkelkinder aus. Oft waren sie wegen des Schicksals ihrer vier reizvollen und intelligenten Enkel traurig.

Da sie nicht mehr den besten Kontakt zur Tochter hatten, trauten sie sich auch nicht, die häuslichen Missstände zur Sprache zu bringen, weil sie befürchteten, die Kinder gar nicht mehr sehen zu dürfen.

Mari (Martina) Stenzel lebte schon sehr früh ihr eigenes Leben.

In der Schule war sie nicht nur wegen ihres guten Aussehens und ihrer guten Noten sehr beliebt. Die Geschwister beobachteten sie oft heimlich, wenn sie schlief. Denn mit ihren langen, blond gelockten Haaren und ihrem zarten Teint war sie für die Jungen fast engelsgleich. Stolz begleiteten sie Mari morgens zur Schule, denn wer sonst konnte schon in Duisburg-Marxloh so eine tolle Schwester präsentieren?

Die herausgeputzten Jungen machten ihr schon früh den Hof.

Mit einigen Bewerbern hatte sie auch schon vor ihrer Ehe poussiert. Sicherlich hätte sie den einen oder anderen Mann gern ihrer Familie vorgestellt. Da es aber zu keiner Zeit möglich war, hatte sie es sehr eilig zu heiraten, nur standesamtlich, ohne Familie. Sie zog sofort danach mit ihrem Mann nach Hamburg, um sich vollständig vor der Familie zu distanzieren. Um dem Milieu zu entkommen, kratzte sie die Kurve.

Die Brüder hörten noch einiges von ihr, doch sahen sie nie wieder.

Ganz anders war es mit Jupp: Er war seit der Kindheit die wichtigste Bezugsperson für Hans und seine Geschwister. Die drei liebten ihn abgöttisch, denn er war immer für sie da.

Abends hatte er aus dem alten Märchenbuch der Mutter ‘Die schönsten Märchen der Welt‘ vorgelesen. Die Großeltern hatten es beim Entrümpeln gefunden.

Selbst noch zarter Bubi beruhigte er die Zwillinge, wenn sie Angst hatten oder Mutter mit ihrem Besuch zu laut war. "Alles wird gut", pflegte er immer zu sagen. Es wurde aber nichts gut.
Mutter hatte aufgrund ihres Alkoholkonsums nichts mehr im Griff. So blieb alles an Jupp hängen.

Morgens schmierte er die Stullen, achtete auf die Kleidung der Kleinen und machte Hausaufaufgaben mit ihnen. Selbst fürs Mittag- und Abendessen musste er oft sorgen, wenn Muttern nicht fähig dazu war.
Leider wurde das Geld auch immer weniger, es ging immer mehr für Alkohol drauf. Männliche Besucher wurden dadurch bedingt immer seltener, die sonst schon einmal was Süßes für die Kinder im Gepäck hatten.
Hans, der seine Geschwister liebte und meinte, sie hätten ein besseres Leben verdient, begann dann irgendwann, mit kleinen Diebstählen seine Lieben zu versorgen. Sein schönster Lohn waren sechs Kinderaugen, die ihn glücklich anschauten, wenn er die Beute aufteilte.
So ging es über Jahre.
Doch später, als Hans und Jürgen heranwuchsen, wurden sie von Jupp mit eingesetzt: Schmiere stehen, Leute ablenken und so weiter.
Stolz saßen die Zwillinge oft am Rheinufer und träumten vom Reichtum und der großen weiten Welt. Jupp wurde sozusagen ihr Boss, und so nannten sie ihn auch gern: "Big Boss".
Ihre kriminellen Aktivitäten wurden immer ausgefeilter.

Als Mutter sich dann letztendlich zu Tode gesoffen hat, hatten die mittlerweile erwachsenen Zwillinge und ihr Bruder, Mari hatte ja schon vorher die Platte geputzt, keine Tränen. Zu viele waren schon in Kindertagen geflossen.

Danach ging die Party richtig los.
Jupp hatte ja schon seit einiger Zeit sein erstes Bordell.
Hans und Jürgen erledigten mit viel Spaß die Handlangerarbeiten, vor allen Dingen, wenn es um die Mädels ging, denn diese waren immer willens und bereit, sie fantasievoll zu verwöhnen.
Nebenbei gab es immer noch das eine oder andere kriminelle Angebot, welches die Brüder gerne annahmen. Ein paar Scheinchen extra waren ja nicht zu verachten.
Hans war oft sehr unvorsichtig, zu gleichgültig, zu dreimalklug oder hatte einfach nur Pech. Den Polizisten, die ihn erwischten und festnahmen, war es völlig gleich.
Zuerst waren es noch Jugendstrafen (Sozialstunden), gefolgt von einigen Knastaufenthalten, je nach derzeitigem Wohnsitz.
Duisburg-Mitte war seine erste Station, ein schon sehr betagtes Gefängnis, in dem es nur wenige Vorführzellen für Gefangene gab, die auf ihren Prozess warteten. Na, ja...

In der JVA Gelsenkirchen wurde viel Wert auf Bildung gelegt, es gab dort viele Unterrichtsangebote, nicht nur Deutsch und Englisch.
Gelernt hatte er dort reichlich, nur nicht, wie man es vermeidet, neu inhaftiert zu werden. Das war wohl Unterricht für Fortgeschrittene, so weit kam er nie.
In der JVA Bochum, genannt ‚Krümmede', war der Strafvollzug sehr hart. Diesmal war Bruder Jürgen mit von der Partie.

Die Burschen, die schon länger hier einsaßen, zeigten den Stenzel-Brüdern sehr schnell, wer in der Krümmede das Sagen hat. Sie waren es leider nicht.

Auch konnte Jürgen seinem Bruder nicht helfen, als dieser einige Male missbraucht wurde. Die Schließer sahen weg oder waren korrupt. „Du hast aber auch einen geilen A...", bekam er nur zu hören.

Da sie nicht ganz zur gleichen Zeit entlassen wurden, nahm Jürgen schon einen neuen, und wie Jupp sagte, sicheren Auftrag an. Bei Hans` Entlassung war der Plan schon fix und fertig ausgearbeitet.

Jupp hielt sich mittlerweile immer mehr zurück.

Er hatte jetzt Elli, die schöne Elli. Ja, sie war schon extraordinär. Jupp war mächtig stolz auf seine Prinzessin. Mit ihr wollte er ein solides, ehrbares Leben anfangen. Jupp und ehrbar? Okay, wer`s glaubte ...

Auch zu seinen kriminellen Brüdern, die er selbst zu dem gemacht hatte, mied er immer mehr den Kontakt. Sie bekamen zwar immer noch den einen oder anderen Tipp von ihm oder wurden für seine Drecksarbeiten eingesetzt, nahmen aber an seinem Familienleben nicht mehr teil.

Sein Privatleben teilte er jetzt mit der feineren Gesellschaft, zu der die Zwillinge mit Sicherheit nicht passten.

Obwohl die Geschwisterliebe im Kindesalter so groß gewesen war, empfand Jupp für sie jetzt nur noch Abscheu und Mitleid. Er hielt sie schlicht für Versager, die in seinem jetzigen Leben keinen Platz mehr hatten.

Eigene Familien hatten die Zwillinge nie gegründet, sondern sich immer nur der wechselnden Mädel in Jupps Bordellen bedient.

"Ihr kotzt mich an", pflegte er bei den sehr selten gewordenen, heimlichen Treffen zu sagen.

Gut gesprochen, dachten Hans und Jürgen, nur wie wurden sie doch ihr ganzes Leben von ihrem Bruder manipuliert und dominiert.

Eine letzte große Sache noch nahmen sie vor. Den Tipp dafür hatten sie schließlich von ihrem Bruderherz.

Danach wollten auch sie mit dem Geld eine Firma gründen und ehrbar werden. Gedacht, getan, doch leider war das Glück nicht auf ihrer Seite.

Wenn Hans heute noch daran dachte, kamen ihm die Tränen und er sah das Bild vor sich, wie sein geliebter Zwillingsbruder auf offener Straße von einem Polizisten, der sich durch Jürgens Waffe bedroht gefühlt hatte, erschossen worden war.

Er selbst hatte sich versteckt, um nicht gleich wieder verhaftet zu werden. In dem Moment, wo sie ehrbar hatten werden wollen, endete Jürgens Leben.

Geld für die Beerdigung hatte Hans nicht, der Coup war ja geplatzt. Bruder Jupp distanzierte sich völlig. Er wollte auf keinen Fall mit den Brüdern in Verbindung gebracht werden. So wurde der arme Kerl auf Staatskosten beigesetzt. Hans und drei Kumpel erwiesen ihm die letzte Ehre. Jupp stand abseits hinter einer alten Linde, um nicht erkannt zu werden.

Hans machte seinen Bruder Jupp für alles verantwortlich. Seine Wut auf ihn wurde im Laufe der Zeit immer größer und prägte sein jetziges Leben.

Er stand mit Rachegelüsten auf und ging mit ihnen abends ins Bett. Obwohl er das Zitat "Wer nach Rache strebt, hält seine eigenen Wunden offen", kannte, schien ihn ein anderes angebrachter: "An seinen Feinden rächt man sich am besten dadurch, dass man besser wird als sie."

So war er neben kleineren Delikten, die ihn finanziell über Wasser hielten, nur noch damit beschäftigt, wie er das Leben seines Bruders vernichten konnte.

Er, der schwächste Stenzel, fühlte sich immer besser, stärker und cleverer, je mehr er über die Jupps Machenschaften in Erfahrung bringen konnte.

Auch der Aufenthalt in der JVA Castrop-Rauxel verhalf ihm zu weiteren Erfolgen in eigener Sache. Es gab noch mehr Menschen, die seinen Bruder vernichten wollten.

So kam Hans durch einen Knastbruder an seinen jetzigen Boss, der sich aber nicht zu erkennen gab. Da bekannt war, wie sehr er seinen Bruder hasste, wurde er auf ihn angesetzt. Alles, was Hans über Mittelsmänner erfuhr, war schon sehr abstrus.

Jetzt waren Bruder Jupp und seine schöne Frau reif.

Hans wählte die Nummer seines noch ahnungslosen Bruders.

Kapitel 16 (Sly Krasicki)

In dem alten Holzhaus lag Doktor Gardawski noch immer, sich vor Schmerzen krümmend, auf dem Boden, als Toni rief, dass dort die Rettungssanitäter kämen. „Das ginge aber schnell", wurde ihnen gesagt. Toni grinste in sich hinein. Niemand würde erkennen, dass dies keine echten Sanitäter waren. Da wird sich Elli aber freuen, dachte er und rieb sich diebisch die Hände. Der Krankenwagen kam nun endlich am Haus an. Professionell leisteten sie erste Hilfe und hoben Doktor Gardawski auf die Trage. Bestürzt sahen die anderen zu. Jupp schnürte es die Kehle zu.

„Toni, was ist, wenn durch diesen Zwischenfall die Polizei auf unser Versteck kommt? Wir müssen dringend hier weg!"

Kaum hatte er seinen Satz beendet, klingelte sein Telefon. Die Nummer auf dem Display kannte er nicht.

„Unter den gegebenen Umständen kann ich auf keinen Fall rangehen." Jupp sah dem abfahrenden Krankenwagen hinterher, als er eine WhatsApp bekam. Er traute seinen Augen nicht: Hallo Brüderchen. Es freut dich sicher zu hören, dass ich aus dem Knast raus bin. Ich stehe vor dem Nichts und brauche dringend deine Hilfe. Immerhin bin ich dein Bruder. Bitte melde dich!

Das konnte Jupp auf keinen Fall jetzt auch noch gebrauchen. Es war wirklich ein nie enden wollender Alptraum. Völlig fahl im Gesicht starrte er noch immer auf seine Mitteilung. Mari kannte ihren Bruder zu gut.

„Was ist los, Jupp? Hast du ein Gespenst gesehen?" Sie riss ihm das Mobiltelefon aus der Hand und las. Sie grinste.

Jupp war völlig perplex. „Wieso grinst du?"

„Nun, äh, es ist unser Bruder. Offenbar sind wir bald wieder als Familie vereint. Ist doch schön."

Jupp war außer sich. „Sag mal, spinnst du jetzt völlig? Wenn überhaupt, dann sitzen wir höchstens zusammen in einer Zelle! Ich werde nicht auf seine Nachricht reagieren. Punkt."

Was war nur mit Mari los? Er hatte immer geglaubt, seine Schwester zu kennen, aber irgendwie war sie anders.

Toni mischte sich ein. „Ische abe ein Idee, wo wir können hingehen. Gibt es in Oberhausen-Lirich eine alte Bunker. Dort man findet uns nie. War dort noch Schützenverein drin vor kurzem. Jetzte nix mehr. Sind noch bischen Möbel drin."

Mari schaute in die Runde. Natascha nickte. So begaben sich die vier auf den Weg nach Oberhausen.

Natürlich war Elli nicht in Luxemburg. Dr. Gardawski kam schnell bei Elli in einem ihrer neuen Stützpunkte an. Dieser befand sich unterhalb eines Krankenhauses in den Kellergewölben. Ein Team, bestehend aus einem Arzt, einer OP-Schwester und einem Anästhesisten, entfernten die Kugel. Gardawski schlief. Es würden wohl noch einige Tage ins Land gehen, ehe Doktor Gardawski wieder einsatzbereit war. Elli hatte bereits einen Plan.

Im Bunker angekommen musste Toni zur Toilette. Er vergewisserte sich, dass ihm niemand folgte. Er schloss sich in der Toilette ein und wählte Ellis Nummer. Im Flüsterton informierte Toni seine Chefin über den Aufenthaltsort.

Auf einer Matratze in einer Ecke des Bunkers ließ Mari sich neben Natascha erschöpft zu Boden sinken. Keiner sagte ein Wort und Mari dachte nach. Wie sollte sie weiter vorgehen? Denn Mari hatte wirklich ein dunkles Geheimnis. Sie war Polizistin aus Hamburg, auf und im Umkreis der Reeperbahn. Sie hatte ihr Kindheitstrauma mit dem Gegenteil bekämpfen wollen und beschlossen Polizistin zu werden. Da sie in Hamburg lebte, weit weg vom Ruhrpott, hätten ihre Brüder nie davon erfahren. Bis zu einem bestimmten Tag, an dem sie den dienstlichen Auftrag bekommen hatte, Natascha ausfindig zu machen.

Was bisher keiner wusste, war, dass Natascha ursprünglich auf der Reeperbahn gearbeitet hatte, bis sie von einem Zuhälter in Hamburg an Hans in den Pott verkauft worden war. Natascha war nicht freiwillig hier. Es war immer so ein Klischee, dass die Mädels falsche Versprechungen erhielten und sich dann von sich aus dazu entschlossen, den Ort zu wechseln. Der Ortswechsel von Natascha geschah noch kurz vor Hans' Inhaftierung. Da Hans nun nicht mehr da war, war Natascha allem und jedem schutzlos ausgeliefert. Da kam Jupp ins Spiel und rettete sie. Hans hat im Knast Recherchen angestellt und wusste, dass Jupp und Natascha sich sehr nahe standen. Natascha hatte keine Aufenthaltserlaubnis und so kam die Polizei ins Spiel.

Mari sollte Natascha aufspüren und in die Ukraine abschieben. Mari fand heraus, dass Natascha sich im Ruhrgebiet aufhielt. Als Mari tiefer in den Fall eindrang, stellte sie fest, dass Natascha bereits mit Jupp bekannt war. Also beschloss sie, inkognito aufzutauchen und ihre einfachste schauspielerische Rolle zu spielen: Jupps Schwester. Als Mari nun Natascha näher kennenlernte und mit ihr und Jupp diesen Albtraum durchlebte, stellte sie fest, dass sie sich dabei in Natascha verliebt hatte. Ja, sie war eine Mutter von drei Kindern und verliebte sich in eine Frau. Auch Natascha schien nicht abgeneigt.

Ihre Blicke verrieten sie. Während der letzten Zeit war Maris Bruder ihr näher denn je gekommen. Was hat er nur alles durchstehen müssen? Ihr Gerechtigkeitssinn meldete sich. Wie konnte sie diese Gefühle mit ihrem Job vereinbaren? Sie musste ihre wahre Identität auf jeden Fall noch geheim halten!

Auch Jupp saß gedankenverloren auf einem alten braunen Holzstuhl an einem verdreckten Tisch. Die Räume rochen feucht und muffig. Sie saßen in einem Bunker, wie im Krieg. Wie trefflich, dachte Jupp. Es ist mein eigener Krieg und so viele Leute sind davon betroffen. Auch meine Elli. Eigentlich wollte er nur noch Frieden. Er dachte an Elli. Auf eine seltsame Art und Weise war er wahnsinnig stolz auf seine Frau. Er wusste nun, wie intelligent sie war und das machte sie noch interessanter, als sie es sowieso schon für ihn war. Er liebte seine Elli, immer noch und immer mehr. Er vermisste sie so sehr, dass ihm schlecht wurde. Kurz meldete sich wieder der Schmerz in seinem Kopf, doch die Abstände wurden größer und auch sein Bewegungsapparat kam langsam, aber sicher, mehr und mehr in Gang. In Gedanken sah er sich und Elli vereint. Sie war Bonny und er Clyde. Das Dreamteam in seiner eigenen Wirtschaftskrise. Wer war schon "Der Pate" gegen Jupp und Elli? Er glaubte nun fest daran, mit Elli die Welt regieren zu können. Sein Entschluss stand fest: Er würde auf die Barrikaden gehen, seine Unschuld beweisen und sich seine Bonny zurückerobern. Wieso war noch keine Polizei im Spiel? Zumindest nicht so, dass er es mitbekäme. Er fühlte sich von allen gejagt, aber nicht von der Polizei. Jupp dachte angestrengt nach. Er ahnte ja nicht, dass die Polizei schon lange bei ihm war – in Gestalt seiner Schwester.

Natascha brach die Stille im Raum. „Ich war in der Ukraine Programmiererin für den Geheimdienst." Alle starrten sie mit offenem Mund an. „Ich denke die ganze Zeit über die DVD nach. Ich habe sie nicht richtig geprüft. Irgendetwas kommt mir komisch vor."

Da hatte Jupp einen Geistesblitz. Was war mit Schmitt-Vossen? Er musste ihn anrufen. Nein, das war zu riskant. Er sah zu Toni herüber.

„Toni, du bist der Einzige hier, der nicht gesucht wird. Du musst dringend Schmitt-Vossen suchen. Er ist extrem pingelig in seiner Arbeit. Ich halte es für möglich, dass er eine Kopie besitzt. Außerdem brauchen wir für Natascha einen Laptop."

Toni dachte nach. Auch Elli dürfte noch nicht gemerkt haben, dass der Film auf der DVD gefälscht war. Somit würde er bei seiner Chefin sicher einen Bonus erwerben. „Okay, isch mache mich auf die Weg." Grinsend verschwand er durch die dicke, graue Stahltür des Bunkers.

Schmitt-Vossen saß an seinem Schreibtisch und recherchierte, als es am Hintereingang klopfte. Ihm schlug das Herz bis zum Hals. Vorsichtig näherte er sich der gläsernen Hintertür. Durch den gegenüberliegenden Spiegel erkannte er Toni.

„Schmitt-Vossen, mach Tür auf. Pronto!"

Schmitt-Vossen schoss zur Tür, öffnete sie einen Spalt und zog Toni am Pullover hinein.

„Bist du wahnsinnig? Was willst du hier, Toni?"

Toni erzählte ihm vom Verdacht des gefälschten Films und von Natascha, die Programmiererin bei Geheimdienst in der Ukraine gewesen war.

„Ok, ok. Aber wo sind die drei?"

„Sind in Oberhausen-Lirich in eine alte Bunker und versteckt sisch. Wir habe nix Zeit zum Verliere. Du biste eine Fuchse. Wir denke, hast du Kopie vielleichte von DVD."

„Ja, natürlich. Ich schaue mir sie wieder und wieder an. Aber ich finde keinen Hinweis. Auf eine Fälschung bin ich gar nicht gekommen. Nun, ich bin Anwalt und kein Programmierer.“

„Also, Doktore, pronto. Gibst du mir DVD und das tragbare Computer. Mussen wir rausfinden, was iste falsch.“

Eigentlich traute Schmitt-Vossen Toni nicht. Aber was sollte er tun? Er hatte ein gutes Bauchgefühl. Er kramte in seiner riesigen Eichenschrankwand nach einem Laptop. „Ha, hier ist er! Verstaubt, aber gut. Für meine Kenntnisse ist er überbestückt und ich kann mit den Programmen nichts anfangen. Deshalb liegt er hier unten im Schrank. Ich denke, Natascha wird damit fertig.“ Er ging zum Schreibtisch. „Bevor ich dir die DVD gebe, werde ich mir noch eine Kopie ziehen.“ Er zog die Kopie und übergab Toni die DVD. So schnell, wie Toni dort war, so schnell war er auch wieder verschwunden.

Als Toni im Bunker ankam, waren alle eingeschlafen.

„Hey, Schlafemutzen. Bringe isch die Sachen.“

Alle drei schraken hoch. Natascha rieb sich die Augen. Sie war erschöpft und müde. Doch das Adrenalin in ihren Adern sorgte für sofortige Konzentration.

„Toni, besorg uns etwas zu essen! Pizza. Pronto! Ich werde in der Zeit an der DVD arbeiten.“

„Si, si bene.“

Natascha legte den Laptop auf ihre Schenkel. Links und rechts von ihr platzierten sich Jupp und Mari. Natascha schob die DVD ins Laufwerk.

„Gott sei Dank ist der Akku voll. Allerdings ist er bei dieser Art von Recherche auch schnell wieder leer. Wir haben hier keinen Strom. Wollen wir das Beste hoffen ...“ Natascha fand ein Videobearbeitungsprogramm. „Ich muss es kurz umprogrammieren.“ Nervenzerreißende Spannung breitete sich im Raum aus. Eine endlos scheinende halbe Stunde starrten Jupp und Mari auf den Laptop. Sie rutschten dabei immer näher an Natascha heran.

„Ihr macht mich wahnsinnig! Rückt mir nicht so auf die Pelle! Zumindest nicht du, Jupp."

Verwundert schauten sich Jupp und Mari an. Maris Herz hüpfte, und sie spürte Schmetterlinge in ihrem Bauch. Sie legte ihren Arm über Nataschas Schulter. „Du schaffst das, Süße."

Natascha lächelte.

Mit lautem Gerumpel stolperte Toni mit einer riesigen Ladung Pizza zur Tür herein. Er sah Jupps angespanntes Gesicht und zwei glücklich wirkende Frauengesichter.

„Wase iste auf DVD?"

Jupp forderte Toni auf, sich zu setzen. Er stellte die Pizzakartons vor die Matratze auf den Boden. Der muffige Geruch des Bunkers wurde übertüncht von den heißen Schwaden der italienischen Köstlichkeiten.

Natascha bat um Ruhe. Es war mucksmäuschenstill. Nur die knurrenden Mägen waren zu hören.

„Nun ist es soweit, ich werde das geänderte Programm nun starten." Nataschas Zeigefinger schwebte über der Enter-Taste. Jupp stand der kalte Schweiß auf der Stirn. Wie in Zeitlupe legte sich ihr Finger auf die Taste – klack – schallte es durch den fast leeren Raum. Auf dem Bildschirm wurde Jupps Kunde markiert. Sie platzierte den Mauszeiger auf den Umriss, hielt die Maustaste gedrückt und schob langsam den falschen Kopf zur Seite. Jupp und Mari trauten ihren Augen nicht. Jupp war völlig niedergeschlagen.

„Unser Bruder will mich vernichten."

Mari nahm Jupps Hand. „Gut, dass du nicht auf seine Nachricht geantwortet hast. Ich halte zu dir."

Natascha nahm beide in den Arm. Die Karten waren neu gemischt. Mari fasste sich ein Herz, um die Gunst der Stunde zu nutzen. Sie musste den beiden sagen, wer sie war und wieso sie wirklich aus Hamburg zurückgekehrt war. Auch auf die Gefahr hin, dass Natascha sie hassen würde. Job oder Familie. Blut war nun einmal dicker als Wasser und Liebe stärker als der Tod. Ihr Entschluss stand fest. „Ich habe euch etwas zu berichten: Ich bin nicht die, für die ihr mich haltet."

Jupp blieb fast das Pizzastück im Hals stecken, das er gerade im Mund hatte. „Wie meinst du das? Du bist meine Schwester. Ich habe dich quasi großgezogen."

Mari erzählte, dass sie in Hamburg nach der Geburt ihres ersten Kindes eine Polizeiausbildung genossen hätte. Nur so konnte sie mit ihrer Vergangenheit Frieden schließen. Als sie den Auftrag bekommen hatte, nach einer Ukrainerin zu suchen, hatte sie ja noch nicht gewusst, wie sich die Sache entwickeln würde. Jede Familie hatte ein schwarzes Schaf, aber sie hatte immer gedacht, es wäre Jupp. Doch sie hatte sich geirrt. Mari wandte sich nun an Natascha. „Zu allem Überfluss ist mir etwas geschehen, von dem ich nicht wusste, dass es in mir steckt." Mari senkte den Kopf. Sie traute sich nicht, Natascha in die Augen zu sehen. „Ich habe mich in Natascha verliebt. Ich würde es nie übers Herz bringen, ihr weh zu tun oder sie auszuliefern. Ich denke, von meinem Polizeijob kann ich mich verabschieden. Ich hätte schon vor drei Tagen einen Zwischenbericht in Hamburg abgeben müssen."

Schweigen. Jupp begann zu prusten und zu lachen. Dabei nahm er seine Schwester in den Arm.

„Willkommen zurück in der Familie!"

Natascha fasste zärtlich Maris Gesicht mit beiden Händen. „Ich bin total glücklich, und das unter diesen Umständen."

Jupp riss sich zusammen. „Okay. Wir brauchen einen Plan. Und dieser Plan führt über meine Frau."

Toni klatschte vor Begeisterung in die Hände und hüpfte auf und ab. „La Famiglia!" So nannte er diese Familie immer, als ironischen Vergleich mit der echten Mafia …

Vor Jupps und Ellis Haus stand ein Polizeiwagen. Das Haus wurde überwacht, falls Jupp zurückkehren würde. Der Haftbefehl war bereits ausgestellt.

Langsam schlich Hans sich hinter Büschen und Bäumen ans Haus heran. Eine diebische Freude machte sich in ihm breit. „So, mein Brüderchen, deine Vernichtung beginnt!", sagte er leise zu sich selbst. Geduckt schlich er sich hinters Haus. Aus seinem Rucksack holte er einen Benzinkanister. Leise verteilte er auf der Veranda und im Kellerabgang das Benzin. Er zog sein Zippo-Feuerzeug aus der Tasche und warf es in die beißend riechende Benzinlache. Im Nu brannte es lichterloh. „Hahaha … ja! Endlich!", freute er sich. „Und das war erst der Anfang." Er verschwand so leise und unauffällig, wie er gekommen war.

Der Polizist in seinem Wagen hatte von all dem nichts mitbekommen – er war eingeschlafen. Als die Nachbarn den Brand bemerkten, stand bereits das gesamte Haus in Flammen, und sie riefen die Feuerwehr. Als diese mit Blaulicht und lautem Getöse in die Straße einbog, erwachte der Polizeibeamte schlagartig. Schnell drehte er die Lautstärke seines Funkgerätes höher. Wie konnte er nur einschlafen? Über Funk verständigte er die Kollegen. Wo war Josef Stenzel? Sollte er doch nicht an allem schuld sein? Er würde doch nicht sein eigenes Haus anzünden. Der Fall wurde immer verwirrender. Die Spurensicherung traf ein und nahm die Ermittlungen auf. Alles lag in Schutt und Asche. Inmitten des schwarzen Rußes blitzte ein Zippo hervor ...

Der Brand wurde in den Nachrichten gemeldet und so erfuhr es auch Elli. Sie war froh, dass zumindest nicht Jupp in den Flammen umgekommen war. Ja, sie liebte ihn. Sie wusste auch, dass ihm nun klar sein musste, wer sie wirklich war. Sie war Bonny, und sie würde es nie zulassen, dass man ihr Leben und das von Jupp zerstörte ... und wenn sie dafür über Leichen gehen musste. In Elli stieg eine unbändige Wut auf. Niemand aus den Kreisen hatte es bisher gewagt, sich ihr zu widersetzten. Sie würde die Sache beenden. Egal, was es kostete. Sie setzte sich in ihren Wagen und fuhr los. Nach einigen Metern klingelte ihr Mobiltelefon: „Toni, was gibt es?"
„Chefe, glaubst nicht, was ische habe gefunden für eine Hinweis! Iste DVD gefälscht. Iste ganze andere Mann auf Film. Wurde Gesischt von de Kunde von Jupp digital falsche drauf gemachte. Und musste ich bringen Jupp woanders."
„Toni! Mach es nicht so spannend – wer ist es, und wohin hast du Jupp gebracht?" Sie hörte über die Freisprechanlage den Namen und auch Jupps Aufenthaltsort. Schweigend drückte sie die Aus-Taste.
Ellis Killerinstinkt war geweckt. Ihre Augen wurden zu Schlitzen. „Hans, du elendes Schwein! Das hättest du nicht tun dürfen. Ich kriege dich!" Sie wendete mit quietschenden Reifen den Wagen und trat wie besessen aufs Gas.

Kapitel 17 (Peter J. Scholz)

„Que sera, sera. Was auch immer sein wird, wird sein."
Die gute alte Doris Day hatte mit ihren – inzwischen allgemeingültig geworden – gesungenen Worten wahrlich recht behalten.
Egal wie man versucht, die Zukunft zu beeinflussen: Die Gute wusste eine Manipulation durch den Menschen wahrlich anders aussehen zu lassen. Manchmal schien es so, als würde sie diese Manipulation gutheißen, in dem sie anfänglich ganz nach dem Wunsch des Manipulators geriet. Dafür wurde das Endergebnis dann ziemlich unberechenbar. Was meist an den Menschen lag, die in diesem Schachspiel irgendwann einen Spielzug unternahmen, der die bis dahin währende Glückssträhne zu dem Trugbild machte, das eine solche Manipulation immer schon war. Denn der Mensch war immer nur bis zu einem gewissen Punkt berechenbar. Dann kam das Gefühl. Und das Gefühl dreht einem immer eine Nase!
Der Mann seufzte tief, als ihm diese Gedanken durch den Kopf gingen. Seine Hände fassten das Geländer der Aussichtsplattform noch ein wenig fester, was ihm guttat. Halt tat gut. Besonders in diesen Zeiten. Besonders gegenwärtig. Hier auf dem Monte Schlacko, wie die Einwohner vom Pott den Schlackenberg im Volksmund getauft hatten. Eigentlich trug diese höchste Erhebung inmitten des Reviers den Namen „Knappenhalde". Aber kaum einer nannte ihn heute noch so. Aber von hier aus – vorbei an dem Kreuz, das die Gottesfürchtigkeit der alten Bergarbeiter repräsentierte – hatte man von der Plattform aus nachts einen wundervollen Blick auf das Ruhrgebiet. Wenn man hier, wie er, geboren und aufgewachsen war, war dies der Blick, der einem ein promptes Heimatgefühl vermittelte.

Auch wenn man, wie er, Jahrzehnte in anderen Ländern verbracht hatte.

Nie hätte er sich träumen lassen, dass es soweit hätte kommen können. Was ihm wieder einmal bewies, wie sehr er die Sicherheit seiner eigenen Fähigkeiten überschätzt hatte.

Nach mehr als 70 Jahren auf diesem Planeten hätte er es besser wissen sollen, schalt er sich.

Aber – wie bereits so treffend gedacht: „Que sera sera."

So seufzte er erneut, als Antwort auf all die Unabänderlichkeiten, die der Zufall einem so vor die Füße stapelt.

Er hörte die Schritte, die die stählernen Treppenstufen emporkamen. Das sollte Salvatore sein. Mit den DVDs. Er täuschte sich nicht. Seine rechte Hand, ein Ausbund an Loyalität wie man ihn heutzutage immer seltener fand, trat neben ihn.

„Prego, Franz."

Die Erwähnung seines richtigen Namens ließ ihn leicht erschaudern. Namen sind Leben. In seinem Fall gab es derer zwei. Und eigentlich hatte er mit seinem ersten Leben abgeschlossen. Schon in den frühen Siebzigern, als ihn ein Job aus dem Pott nach Italien geführt hatte. Und dies alles nur, um seiner Familie etwas zu bieten. Einer Frau und vier kleinen Kindern.

Aber wer hätte ihm damals auch vorab sagen können, in was er sich mit seinem auf Pump erworbenen LKW (einem Mercedes Benz LP 2224 6) begeben würde? Die Fuhre Cannelloni hatte Rauschgift in einer solchen Menge als Zugabe untergemischt, dass die Herren an der Grenze die Augen nicht gänzlich verschließen konnten. Und im Hinblick auf seine Familie, die im Pott nichts ahnte, tat Franz gut daran, den Mund zu halten.

Weshalb Helga von Stund an – als ein Anwalt ihr von dem Vergehen ihres Mannes Bericht erstattete – nichts mehr von ihm wissen wollte. Was er so hinnahm. Die Quittung – 10 Jahre in einem italienischen Gefängnis – brachten ihm drei Dinge ein:

die Anerkennung der Herren mit der „weißen Weste" hinter den Cannelloni, die Franzens Schweigen entsprechend zu honorieren wussten (er trat vor Gericht als jemand auf, der sich, von jemand auf dem Rastplatz kurz vor der Grenze angesprochen, selbst bereit erklärt hatte, die Drogenbeigabe wissentlich gegen ein entsprechendes Taschengeld mitzunehmen. Was die ermittelnde italienische Kriminalpolizei ohne Anklagepunkte gegen den Exportunternehmer für den Franz unterwegs gewesen war zurückließ).

Seine nach Verbüßung der Strafe „Eingliederung" in die ehrenwerte Familie. Dort lernte er Italienisch – in den Siebzigern noch nicht so selbstverständlich für einen „Allemand" – und wurde von den Mitgefangenen „Francesco" getauft. Zuerst setzte man ihn als Fahrer ein, dann als Bote. Später als sprachgewandter Vermittler. Eine Karriere, die ihn innerhalb „La Familia" ziemlich weit nach oben aufsteigen ließ. Er hielt sich dabei grundsätzlich soweit zurück, dass man ihm keine wirklichen Ambitionen vorwerfen konnte, die einem Mitglied der italienischen Hauptfamilie „gefährlich" erschienen wären. Seine Haltung war grundsätzlich loyal – wobei er während der letzten 15 Jahre seine damals gekappten deutschen Wurzeln langsam aber vorsichtig aus der Ferne wiederentdeckte.

Helga und die Männer. Das war ein trauriges und im Nachhinein auch etwas beschämendes Thema. Weshalb er dies nicht weiter verfolgte.

Seine Kinder – das war etwas anderes.

Dass er ob der Ambitionen von Jupp, Hans und Jürgen nicht gänzlich glücklich war, verstand sich von selbst. Immerhin hatte Jupp mit Elli eine Partnerin, die auch vielleicht auf den ersten Blick etwas plump für die nähere Umwelt erschien. Wenn man allerdings – über die Kanäle, die Francesco über die Jahre aufgebaut und bemüht hatte (besonders, nachdem Toni Scapaletti mit seinen Fähigkeiten aufgetaucht war) forschte – ergab sich ein gänzlich anderes Bild.

Sicherlich hätte er schon früher eingreifen können. Doch die zugegeben etwas zu selbstsichere Haltung Jupps schrie förmlich danach, dass dieser diese Erkenntnis selber zu machen hatte. Als Francesco die Nachricht von Jupps Unfall bekam, schickte er Salvatore nach Deutschland.

Salvatore war ein Ausbund an Loyalität ihm gegenüber Francesco hatte ihn vor rund 20 Jahren davor bewahrt, einer geschäftlichen Dummheit anheim zu fallen – der Beton war quasi schon angerührt, der ihn mittels eines klassischen Mafia-Fußbades für immer hätte ausatmen lassen. Er besaß darüber hinaus die seltene Gabe für seine Umwelt quasi unsichtbar zu erscheinen. Bereits nach kurzer Zeit signalisierte Salvatore Francesco, dass dessen Gegenwart im Pott immer unumgänglicher wurde, schlicht weil sich die Dinge entwickelten. Sehr schnell entwickelten. Wie in einer Soap Opera. Einer kriminellen Soap Opera. Mit Haken, die die Autoren von alten Serien wie „Dallas" wohl vor Ehrfurcht hätten erstarren lassen.

Que sera sera. Es wurde zum Mantra dieser Entwicklung.

Seine Anwesenheit im Pott unabkömmlich – einfach, weil er sich zunehmend außen vor befand. Für einen „Macher" wie ihn – auch in seinem vorgerückten Alter – ein Unding.

So traf Francesco im Pott ein. Gerade rechtzeitig, um den Moment zu erleben, als die DVD ins Spiel kam. Und den russischen „Kurierdienst" zwei Straßen nachdem dieser den Anwalt „ausgeladen" hatte kurzerhand ausbremste. Die Waffen, die die Russen von ihm und Salvatore zu riechen bekamen, überzeugten diese, die DVD rüberzureichen. Dass dies nicht das Ende ihrer Gegenwart in dieser Geschichte sein würde, war Francesco durchaus klar. Aber das gehörte zum Plan: Als die Russen dermaßen düpiert zurückgelassen wurden, war klar, dass diese sich mit ihrem Auftraggeber in Verbindung setzen würden. Zu diesem Zweck hatte Salvatore einen weiteren Mann – seinen Bruder – eingesetzt. Dieser hängte sich nachdem Francesco und Salvatore mit der DVD zu einem technisch kundigen und vertrauenswürdigen Herrn aufgebrochen waren, an die wütenden Herren und lieferte neue Erkenntnisse über den Auftraggeber aus der Automobilindustrie. Und Hans.

Hans, den Francesco tatsächlich nicht mehr auf dem Schirm gehabt hatte. Schlicht, weil er ihn in der JVA wähnte. Zumindest im Zusammenhang der gegenwärtigen Entwicklungen. Aber erstens kommt es anders und zweitens ... Und wieder: Que sera sera. Es war zum Verrücktwerden.

Deshalb war Francesco nun hier. Auf dem Monte Schlacko. Um sich zu sammeln und einen Überblick zu bekommen. Während er sich in den letzten zwei Stunden hier aufgehalten hatte, kümmerten sich Salvatore und „Dottore", der Informatik-spezialist, den sie zu Rate gezogen hatten, um die Vervielfältigung der belastenden DVD. Mit kleinen Abweichungen vom darauf enthaltenen Datenmaterial. So als Dankeschön an all die Herren, die Francesco in den letzten Jahren geschäftlich unangenehm geworden waren. Man gönnt sich ja sonst nichts.

Francesco grinste, als Salvatore ihm die Plastiktüte eines großen Discounters präsentierte. Diese war prall gefüllt.

„A rubare poco si va in galera, a rubare tanto si fa carriera", sinnierte Francesco. („Wenn man wenig stiehlt, kommt man ins Gefängnis, wenn man viel stiehlt, macht man Karriere!")

Es wurde Zeit, die Karrieren von so manchem im Zuge der aktuellen Entwicklungen etwas interessanter zu gestalten. Und sei es dahingehend, dass die deutsche Polizei dadurch nur einen Fingerzeig in Richtung eines bis zu diesem Zeitpunkt über jeden Verdacht erhabenen Bürgers erhielt. Mochte sie sich daraus ihre eigene Theorie basteln.

Jetzt allerdings wurde es Zeit, Jupp die Silberlinge mit dem brisanten Material zukommen zu lassen. Und dazu brauchte er Elli. Deren Nummer der Dottore im Zuge der gewonnenen Erkenntnisse über Jupps „Schätzelein" herausgebracht hatte.

Doch vorher instruierte Francesco Salvatore, ihre Kanäle dahingehend zu aktivieren, Hans im Auge zu behalten. Die treue Seele nickte und ließ seinem Chef den Vortritt bei dem Abstieg von der Aussichtsplattform.

Unten angekommen wählte Francesco Ellis Nummer.

Ein Lächeln umspielte seine Lippen, als diese sich meldete: „Wer zum Teufel ist da? Und woher haben Sie diese Nummer?"

„So ist das mit den Geheimnissen. Irgendwann sind sie keine mehr, Signora. Und beißen uns unvorhergesehen in den Allerwertesten. Wenn Sie Ihren Jupp retten wollen, müssen wir uns treffen. Sofort!"

Elli war viel zu geplättet ob des Tonfalls der Stimme des Fremden, die keinen Widerspruch duldete. Etwas Derartiges war ihr schon lange nicht mehr untergekommen. Deshalb fuhr sie rechts ran. Den Wagen, der es ihr gleichtat, bemerkte sie aufgrund der Vorkommnisse nicht. Dazu hatte er seitdem sie aufgebrochen war, genügend Abstand gewahrt.

„Wieso sollte ich Ihnen glauben?"

Der Unbekannte antwortete nicht sofort. Eine Tugend, die sie seit je her wahnsinnig gemacht hatte.

„Miss Unterwelt Ruhrpott. Ich habe genügend Beweise über ihre Aktionen, die die hiesige Polizei vermutlich brennend interessieren würden. Habe ich Ihre Aufmerksamkeit?"

Elli fuhren diese Worte wie Eiswasser ins Gemüt. Sie bemühte sich dennoch, sich dies nicht anmerken zu lassen.

„Lassen Sie hören, großer Unbekannter!"

Und Francesco ließ sie wissen, wann und wo sie sich treffen sollten. Dass Elli sich nicht allein dorthin begeben wollte, konnte Francesco sogar verstehen. „Bueno. Nehmen Sie die blonde Ukrainerin als Bodyguard mit. Soll mir recht sein. Aber wenn Sie sie holen, dann unter einem Vorwand. Jupp soll derzeit noch nichts von meiner Person wissen. Verstanden?"

Elli schluckte ihren Widerspruch herunter.

„Verstanden. Ich werde da sein!"

Damit war das Gespräch beendet.

Elli starrte durch die Frontscheibe in die Nacht hinaus. Sammelte sich. Dann rief sie Toni an und wies ihn an, Natascha aus dem Bunker zu ihr zu bringen. Auch wenn Jupp und Mari dies vermutlich nicht schmecken würde – manchmal isset halt so wie et is.

Dann gab sie Gas und fädelte sich wieder in den Verkehr ein. Ihre Verfolger taten es ihr gleich ...

Francesco klappte sein Handy zu. Er hielt nicht allzu viel von den modischen angesagten Smartphones. Sein Modell war schon ein paar Jahre alt und tat immer noch gute Dienste. Warum sich von etwas trennen, das nicht kaputt war? Heutzutage bedeutete es schon etwas, das Alter zu akzeptieren.

„Salvatore, ich werde Jupps Herzensdame nun mit den Werken des Dottore konfrontieren. Wir treffen uns zu gegebener Zeit", wandte sich Francesco an seinen Vertrauten, der soeben auch ein Telefonat beendet hatte.

„Si. Sei vorsichtig. Der Dottore hat mir soeben mitgeteilt, dass unsere russischen Freunde an der Herzensdame dran sind."

Francesco hob fragend eine Augenbraue.

„Ich habe mir erlaubt, als wir den Herrschaften die DVD abnahmen, noch einen kleinen Peilsender dazulassen. Man weiß ja nie, wer einem heutzutage so alles ein zweites Mal ungebeten über den Weg laufen will", grinste Salvatore in aller Bescheidenheit. Und Francesco wusste wieder einmal, was gutes Personal heutzutage wert war.

„Fantastico! Bud Spencer und Terence Hill wären ein Dreck gegen uns!", entfuhr ihm der Vergleich ihrer Personen mit dem italienischen Weltkulturerbe.

Ein Vergleich ganz nach Salvatores Geschmack. Die beiden älteren Männer lachten gemeinsam darüber, dann hatten sie den Parkplatz vom Monte Schlacko erreicht und stiegen in ihre Autos.

„Auf dass wir diesen Wirrwarr gekonnt gelöst bekommen!", wünschte Francesco seiner rechten Hand noch auf den Weg.

Dieser nickte und hob die Hand zum Gruß, als er abfuhr.

Daran musste Francesco denken, als er den Treffpunkt erreicht hatte: Lösungen.

Heute Nacht würde – im schlimmsten Fall – Pottblut fließen. Das Blut von gebürtigen Reviereinwohnern. Aber er würde zusehen, dass es nicht seines wäre – oder das von Menschen, die ihm etwas bedeuteten.

Elli war etwas zögerlich aus dem Wagen gestiegen, Natascha war wie angekündigt auch dabei. Die Dunkelheit hier auf dem Parkplatz war vorherrschend – einzig und allein unterbrochen von den Scheinwerfern der beiden Fahrzeuge und ihrem Innenlicht.

So standen sich die beiden Parteien für einen Moment über eine Distanz von etwa zehn Metern gegenüber, bis Elli die lastende Stille unterbrach: „Mr. Großer Unbekannter! Wie lösen wir die Situation?"

Kapitel 18 (Marcus Watolla)

Francesco, alias Franz Stenzel, lächelte kühl.

„Ich bin ein Mann voller Lösungen!"

Elli sah ihn mit großen Augen an. Hoffnung schimmerte in diesem Blick. War Francesco der Mann, der ihren Jupp aus der ganzen Misere holen konnte? War Francesco der Mann, der die ganze Verwirrung auflösen würde?

Francesco ging zu seinem Auto, öffnete die Seitentür und tauchte in den Fond des Fahrzeugs ein. Als er wieder erschien, hatte er eine Aldi-Tüte in der Hand. Prall und voll dehnte sich das Material.

Elli verstand nicht.

„Wieso Aldi?", fragte sie.

„Hatte keine Lidl-Tüte mehr", brummte Francesco. „Weißt du, was ich hier habe?", fragte er.

Elli sah ihn groß an: „Eine Aldi-Tüte?"

Francesco lächelte. „Hier habe ich die Lösung deiner Probleme." Mit diesen Worten übergab er ihr die Tüte.

Elli nahm die Tüte und bemerkte, wie schwer sie war. Als sie hinein-sah, erkannte sie rund zwanzig DVDs.

„Was ist das?", hauchte sie.

Francesco lächelte abermals kryptisch.

„Ein einziger Erpressungsversuch, der auf sämtlichen DVDs von zwan-zig verschiedenen Personen immer wieder durchgeführt wurde."

Plötzlich leuchteten Autoscheinwerfer in der Ferne auf. Zwei Autos fuhren die Halde hinauf.

Elli zuckte zusammen.

„Wie meinst du das?"

Francesco lächelte hintergründig.

„Auf diesen DVDs ist immer dieselbe Szene zu sehen. Allerdings immer mit verschiedenen Gesichtern und Köpfen. Die Polizei würde verwirrt sein und überhaupt nichts mit diesen Beweisen anfangen können."

Er atmete einmal tief durch. „Oh Gott …", sagte Francesco, „da sind sie." Offensichtlich wurde er in dieser Sekunde ruhiger.

Die Autos, die sich näherten, schalteten das Fernlicht ein, das die Anwesenden blendete. Francesco griff in seine Innentasche und zog eine Pistole daraus hervor.

„Wer sind die?" Nataschas Stimme war nur noch ein Hauch. Während Francesco die Halbautomatik durchlud, entgegnete er lakonisch: „Dat iss die Russenmafia, Kerl, verdammt!"

Francesco blickte die beiden Frauen auffordernd an und sagte: „Im Kofferraum habe ich weitere Waffen."

Natascha war die Erste, die den Kofferraum erreichte. Sie öffnete ihn und stieß einen heiseren Schrei aus.

„So viele geile Waffen!", jubelte sie.

Sie wählte einen Revolver, und einen zweiten nahm sie in die andere Hand, den warf sie Elli zu.

Mittlerweile waren die Fahrzeuge herangekommen. Im grellen Gegenlicht verschwommen ihre Konturen.

Die Autos hielten, gleichzeitig sprangen die Türen auf. Sechs Gestalten verließen die Wagen.

„Wollen haben DVD und Frau Stenzel!"

Francesco blieb unbeeindruckt.

„Ihr kriegt was ganz anderes!

„Wenn wir haben DVD und Frau, könnt ihr abhauen."

„Ich habe wat viel Besseres für euch!"

Francesco riss die Waffe hoch und feuerte auf die Autos.

Einmal.

Zweimal.

Dreimal.

An dem linken barsten die Scheinwerfer. Die Antwort der Russen ließ nicht lange auf sich warten. Sie feuerten ebenfalls zurück. Die Scheiben von Francescos Limousine zerplatzten. In dem Stakkato der russischen Projektile wurde die Nobelkarosse völlig durchlöchert.

Elli legte an. Zielte. Drückte ebenfalls ab.

Einer der Russen fasste sich an die Schulter, ächzte und fiel.

Natascha hechtete zur Seite und feuerte auf die Scheinwerfer des zweiten Wagens, zertrümmerte sie und hechtete wieder zurück.

„In den Wagen!", brüllte Francesco den Frauen zu.

Sie sprinteten hinein. Francesco drehte den Zündschlüssel. Der Motor sprang an. Francesco gab Vollgas. Raste auf die beiden Russenautos zu. Rammte einen, krachend. Blech verformte sich. Mit einem fiesen Geräusch schrammte die Limousine vorbei, jagte die gewundene Schotterstrecke hinab.

„Wohin?", rief Francesco.

„Nach Lirich", rief Natascha halb panisch, „zum Bunker, wo die anderen sind."

Er drückte das Gaspedal tief hinab. Der Motor heulte auf.

„Wo ist die Tüte mit den DVDs?", kreischte Elli entsetzt auf.

„Du dumme Nuss!", bölkte Francesco.

Nataschas Stimme erhob sich in dem Geschrei. „Wir müssen sofort zurück!"

Stenzel blickte in den Rückspiegel. „Mist!", knurrte er. „Sie sind hinter uns."

Instinktiv lenkte er den Wagen nach rechts. Die Reifen quietschten und der Wagen brach fast aus, als er die von ihm gewählte Richtung einschlug. Mit rasender Geschwindigkeit folgte er dem dunklen Straßenverlauf. Hier war von seinen Verfolgern noch nichts zu sehen. Abrupt lenkte er den Wagen in den erstbesten Waldweg und hoffte, die Verfolger so abschütteln zu können. Sekunden später fuhren zwei Wagen an ihnen vorbei.

Francesco wartete noch ein paar Minuten, dann startete er den Wagen erneut und fuhr zurück.

Oben angekommen flüsterte Natascha: „Hoffentlich haben sie die Tüte nicht mitgenommen."

Nervös stiegen alle aus dem Wagen und begannen mit der Suche. Francesco fand eine Aldi-Tüte, und als er gerade jubeln wollte, stellte er fest, dass in besagter Tüte nur gebrauchte Kondome lagen. Angewidert ließ er das Plastikutensil fallen.

Natascha fand eine weitere Tüte, hielt sie freudestrahlend hoch, doch als sie Ellis desillusioniertes Gesicht sah, stutzte sie.

„Was ist?"

„Das ist eine Lidl-Tüte!"

„Na und?", fragte sie.

„Wir suchen nach einer Aldi-Tüte!"

Neben dem Kreuz lag, wonach sie suchten. Erleichtert hob Elli die Tüte in die Luft und jubelte: „Hurraaa! Lang lebe Aldi!"

Als Francesco hineinsah, erkannte er voller Erleichterung die vielen DVDs. Er grinste breit und sagte: „Da wird sich Oma Stenzel im Grab umdrehen."

„Wohin jetzt?"

„Ich schlage vor, wir fahren nach Lirich zum Bunker, wo die anderen sind."

„Kennst du den Weg?" Elli sah Natascha skeptisch an.

„Na klar. Ich bin doch mit Toni auch hierhergekommen!"

Als sie auf die A3 fuhren, fegte der kühle Nachtwind durch die zerschossenen Scheiben.

„Ist ja fast wie im Cabrio", maulte Natascha.

„Wenn`s dir nicht passt", knurrte Elli, „dann kannst du ja laufen."

Scharf sah sie zu Natascha hinüber.

„Und eins sag ich dir: Hände weg von meinem Jupp!"

Natascha glotzte sie verständnislos an.

„Ich will nichts von Jupp."

„Das kannst du mir noch ein paar Mal sagen. Ich kenne Weiber wie dich."

„Weiber wie mich?"

„Ja", fletschte Elli, „Flittchen! Miststücke! Hat er dich für den Sex bezahlt?"

Natascha pustete die Backen auf.

„Du bist doch para...piri...pori...!"

„Das Wort, das du suchst, lautet paranoid", schüttelte Francesco den Kopf.

„Halt die Klappe!", riefen beide Frauen synchron.

Francesco lächelte in sich hinein. Eigentlich waren beide ja ganz schnuckelig, wenn sie sauer waren. Nur das zu sagen, traute er sich nicht, er war ja nicht lebensmüde.

Als sie von der Autobahn abfuhren, herrschte im Wagen eisiges Schweigen.

Um unangenehmen Fragen nicht ausgesetzt zu werden (vor allem vor der Polizei), hielt sich Francesco genau an die Straßenverkehrsordnung.

Wenig später fuhren sie bis zum Bunker vor. Der Erste, der die Stille brach, war Francesco.

„Vielleicht sollten wir erst einmal da anrufen, damit wir wissen, ob überhaupt noch jemand da ist."

Natascha zog ein saures Gesicht „Ich kann ja Jupp anrufen", stichelte sie.

„Untersteh dich, du … du …"

„Du süßer Schmetterling", griente die Ukrainerin bissig.

Natascha wählte eine Nummer, doch Elli riss ihr das Handy aus der Hand. Natascha rief entsetzt: „Hey!"

Doch ihre Widersacherin war zu schnell.

„Ja?", sagte Elly. „Jupp? Jupp? … Nein? … Nicht?" Sie wurde blass. „Wer sind Sie?" Als sie auflegte, sah sie die anderen ernst an. „Irgendetwas stimmt hier nicht! Eine fremde Frau war am Telefon …"

„Na", sagte Natascha, „ich kann's ja nicht gewesen sein. Soll ich dir verraten, wer's war?" Doch ihr Blick verriet, dass sie diese Situation sehr genoss.

Elli blickte traurig auf das Handy, doch schnell erwachte die Wut in ihrem Blick. „Wer war das?", knirschte sie.

Natascha spitzte die Lippen. „Jemand, der Jupp sehr nahesteht", stichelte sie, „… und ich weiß sogar, wer."

Elli packte Natascha blitzschnell am Kragen und zog sie unsanft zu sich heran. „Spiel bloß keine Spielchen mit mir, Madame! Sonst lernst du mich kennen."

Natascha riss die Augen auf, grinste aber nach wie vor breit. „An deiner Stelle würde ich mich ganz schnell loslassen, sonst erfährst du es nie." Natascha legte den Kopf schief und grinste. „Du kannst ja hereingehen und selbst nachschauen."

Elli stieß Natascha von sich und stieg entschlossen aus. Begleitet wurde sie nur von Nataschas leisem Lachen.

Francesco öffnete ebenfalls die Tür und verließ das Auto.

„Frolleinchen! Es reicht! Ihr könnt euren Kindergarten gerne später weiterführen! Wir haben jetzt Wichtigeres vor."

Verdattert sah Elli ihn an. „Aber sie hat angefangen!"

Natascha rief aus dem Auto. „Stimmt gar nicht. Du!"

„Ruhe!", rief Francesco. „Ich werde jetzt alleine da hineingehen und sie herausholen. Du, Elli, setzt dich ins Auto auf deinen Knackarsch, und ihr beide haltet ihr den Babbel!"

Elli gehorchte. (Ein Hoch auf männliche Dominanz!)

Natascha sah ihn fragend an. „Was sollen wir halten?"

„Den Mund, das Maul, die Klappe. Du kannst dir irgendetwas davon aussuchen. Aber seid verdammt noch einmal endlich still!"

Mit diesen Worten schnappte er sich die Plastiktüte mit den DVDs und knallte laut die Autotür zu. Schnurstracks lief Francesco zum Bunker hinüber.

Die Luft im Bunker schien zu stehen. Anspannung lag über Jupp und Martina.

„Warum meldet sich kein Schwein?", fragte Jupp grob.

Martina legte ihm beruhigend eine Hand auf die Schulter. „Alles wird gut", lächelte sie ihn aufmunternd an.

Jupp wollte gerade etwas antworten, da öffnete sich knirschend die uralte Tür. Beide sahen erschrocken auf. Ein Mann im Nadelstreifenanzug und mit einem großkrempigen Hut trat ein.

„Verdammt", knirschte Martina, „er hat eine Waffe."

Da sah Jupp es auch. Der Fremde hielt eine großkalibrige Halbautomatik in der rechten Hand, in der linken etwas, das nicht unpassender hätte sein können: eine Plastiktüte.

„Wer … wer sind Sie?“, hauchte Martina.

Bedrohlich näherte der Mann sich den beiden. Der Schatten seines Hutes verdeckte sein Gesicht.

„Hallo, Martina“, sagte der Fremde und ließ die Waffe sinken, „seid ihr alleine?“

„Ja. Wir beide sind allein.“ Jupp trat mutig vor und schob seine Schwester nun schützend hinter sich.

„Ich habe hier etwas für euch und ich will, dass ihr euch das anseht. Das könnte für dich, Josef, sehr interessant werden.“

Jupp war verwirrt.

„Woher kennen Sie mich?“

Francesco lächelte spöttisch. „Ihr erkennt mich wirklich nicht.“

Jupp sah ihn mit schräg gelegtem Kopf an. „Der Weihnachtsmann sind Sie sicherlich nicht.“

Francesco schob seinen Hut in den Nacken. „Was für einen schlauen Sohn ich doch habe.“

Jupp und Martina fiel alles aus dem Gesicht.

Francesco reagierte nicht weiter darauf, sondern übergab ihnen die Plastiktüte. „Schaut euch das alles einfach an!“

Martina erholte sich als erste, schnappte sich die Tüte und schaute verdutzt hinein. „Was sollen wir mit all den DVDs anstellen?“ Gleichzeitig holte sie eine heraus und legte sie in den von Toni besorgten Laptop.

Der Inhalt spielgelte genau die Szene wieder, die Natascha vor ein paar Stunden recherchiert hatte. Nur das Gesicht des Freiers war ein völlig anderes. Es war das Gesicht eines hohen Würdenträgers der Kirche. Wortlos legte sie die nächste DVD ein und wieder sahen alle drei dieselbe Szene, nur war nun hier das Gesicht eines angesehenen Politikers zu sehen.

Das passierte auch auf all den anderen DVDs, nur jedes Mal erschien deutlich ein anderes, jedoch öffentlich bekanntes Gesicht.

Martina sah drohend zu Francesco hoch.

„Wer zum Teufel sind Sie wirklich, und woher haben Sie all die DVDs? Eine weiße Weste scheinen Sie nicht zu tragen."

Francesco sah sie lässig an und lächelte cool. „Ich sagte schon, ich bin wirklich euer Vater. Aber wenn ich nicht glaubwürdig bin, kann ich diese geldwerten „Schätze" ja gleich wieder mitnehmen."

In der Sekunde schaltete es in Jupps trägem Gehirn.

„Papa? Bist du es wirklich?"

Francesco sah zu Jupp hinüber.

„Ja, der bin ich. Ich bin zwar nie für dich dagewesen, aber dafür rette ich dir jetzt deinen Arsch."

Jupp wusste in diesem Moment nicht, worüber er sich mehr freuen sollte: darüber, dass er nun nicht ganz so blütenweiße Beweise vor sich liegen hatte, oder dass sein Vater ihn mit dieser Aktion wirklich retten wollte.

Martina packte die DVDs vollzählig wieder ordentlich in die Tüte.

„Damit können wir leider nichts anfangen. Mit erschwindelten Beweisen möchten wir nichts zu tun haben." Verächtlich fügte sie ein deutlich ausgesprochenes „Daddy" hinzu.

„Wir?", fragte Jupp ungläubig. „Du willst es nicht. Dein Arsch hängt ja auch nicht in der Schlinge."

„Das ist illegal!", schnaubte Martina vor Wut. Francesco setzte ein mafiöses Lächeln auf.

„Kinder! Streitet euch jetzt nicht! Es gibt hier doch deinen Freund und Anwalt Dr. Schmitt-Vossen. Lasst ihn doch das Problem jetzt lösen!"

Martina und Jupp sahen sich wieder einmal sprachlos an.

„Du warst zwar in all den Jahren nie für uns da, aber man kann sich ja doch auf dich verlassen."

Entschlossen schnappte sich Jupp die Tüte und schritt voran. An der Tür blieb er noch einmal stehen und drehte sich um.

„Möchte einer von meiner bittersüßen Sippe jetzt mitkommen?" Francesco führte eine galante Armbewegung aus.

„Bitte schreiten Sie voran, Signora poliziotta! Nach Ihnen."

Martina streckte die Nase in die Luft und folgte ihrem Bruder.

Als Jupp den Bunker verließ, hörte er zuerst ein lautes Quietschen, dann sprang ihn jemand mit freudig ausgerufenen Worten an.

„Bäärchen! Da bist du ja endlich!"

Jupp ließ die Tüte fallen und küsste seine Elli leidenschaftlich. Natascha fiel Francesco ebenfalls herzlich um den Hals.

Martina sah die beiden entsetzt an und kämpfte mit den Tränen. Ihr Vater und diese ukrainische Nutte? Das konnte doch jetzt wirklich nicht wahr sein. Enttäuscht und sichtlich geschockt quetschte sie sich an den beiden Paaren vorbei.

Gequält presste sie hervor: „Muss ich jetzt wirklich allein zu diesem Dr. Schmitt-Vossen?"

Mit diesen Worten setzte sie sich hinter das Lenkrad und ließ den Motor aufheulen. Der Ton des Motors übertönte ihr leises Schnäuzen, die Tränen vermochte er nicht zu kaschieren.

„Du weinst?", fragte plötzlich eine Stimme neben ihr.

Kapitel 19 (Mike Gromberg)

Martina blickte entgeistert in den Lauf einer einfachen Handfeuer-
waffe, gehalten von einer kleinen, rundlichen Frau mit unsäglich un-
moderner Ruhrgebietspudeldauerwelle wie aus fernen Tagen. Ihre
viel zu tiefe Stimme ließ auf eine Kettenraucherin schließen, und
eines war Martina bereits jetzt sonnenklar: diese merkwürdige Er-
scheinung auf dem Beifahrersitz ihres Wagens hatte sie in ihrem gesamten Leben noch niemals gesehen. Hier handelte es sich aus-
nahmsweise nicht um einen wieder aus der Versenkung aufgetauchten Bruder, Vater oder Blutsverwandten. Außerdem meldete sich ihr
hart trainierter beruflicher Instinkt: diese neue Situation war brand-
gefährlich, hier lag das große Ende wie ein düsterer Nebel greifbar
nahe in der Luft.

Die seltsam anzuschauende Frau nestelte mit der freien Hand an
ihrem Mobiltelefon herum und drückte etwas ungeschickt auf das
Display, um es anschließend an ihr Ohr zu halten. „Hier ist das St.
Elisabeth Krankenhaus, die geschlossene Abteilung der Psychiatrie.
Mein Name ist Schwester Silvia. Herr Stenzel und seine Schwester
haben mich gebeten, Sie über Herrn Stenzels erneuten Aufenthalt bei
uns zu informieren. Sie möchten, dass Sie jetzt sofort kommen, um
einen offensichtlich dubiosen Stapel an DVDs entgegenzunehmen.
Herr Dr. Schmitt-Vossen, ich bin eine einfache Krankenschwester,
aber ich kann sehr gut erkennen, dass hier ein ganz merkwürdiges
Spiel gespielt wird, und es ist mit Sicherheit nicht lupenrein. Deshalb
rate ich Ihnen dringend, sich zu beeilen, bevor ich die Polizei ein-
schalte, ich will mit solchen Machenschaften nichts zu tun haben. Sie
werden innerhalb der nächsten 20 Minuten in meinem Schwestern-

zimmer erwartet." Ohne auf eine Antwort zu warten drückte Schwester Silvia den roten Knopf und verstaute lächelnd das Mobiltelefon in ihrer unförmigen Jacke.

„So, junge Dame, nun machen wir bitte genau das, was ich sage, dann werden wir uns ganz prima vertragen. Da vorne geht es auf die Autobahn, wir nehmen die A42 nach Gelsenkirchen, und bei der Abfahrt Bismarck wechseln wir auf die B227 in Richtung Elisabeth Klinik, verstanden? Wunderbar, es geht doch." Zufrieden entspannte sich Schwester Silvias Haltung, sie wechselte die Pistole in die andere Hand und betrachtete neugierig ihre Fahrerin. „Und das alles nur für die Kohle, mein Mädchen, alles nur für die verdammte Kohle ...". Mit ihrer rauchigen Stimme lachte sie seltsam kehlig und summte die Melodie von dem Lied „Sailing" von Rod Steward.

Martina hielt es nicht mehr aus. „Kann ich jetzt bitte einmal erfahren, was hier eigentlich los ist? Was haben Sie denn hier für eine Rolle in dieser Tragödie? Was wollen Sie von meinem Bruder, was wollen Sie von mir, und was wollen Sie überhaupt, wer sind Sie?"

„...alles nur für die verdammte Kohle...", mehr sagte Schwester Silvia nicht, ihr Lächeln war merkwürdig entrückt, offensichtlich bereitete sie sich auf das Ende einer sehr langen Geschichte vor, und sie sah das Happy End schon in unmittelbarer Nähe. Eine Tüte voller Erpresser-DVDs, ein Anwalt, der gleich in der Klinik von der Bildfläche verschwinden würde, Stenzels Schwester als Geisel für eine abschließende tödliche Begegnung zwischen dem gesamten Stenzel-Clan und ihrem Chef mit seinem Phantomkommando, was für ein Grande Finale nach all diesen Jahren, in denen Josef und Elli Stenzel mit ihren Banden und Anwälten das gesamte Milieu im Ruhrpott beherrschten wie noch nie jemand zuvor. Und dieser Josef hatte die ganze Zeit noch nicht einmal von der Macht seiner tuckigen Angetrauten gewusst! Unfassbar, was für ein Idiot ... Das alles würde in wenigen Stunden endlich zu Ende sein, endlich würden die alten Kumpels wieder aus der Versenkung kommen können, frische Mädchen mitbringen, und sie wäre endlich wieder die eine Schwester Silvia, die jeden Abend das Rote Haus an der A2 mit mehreren Säcken voller Geldscheine dank hunderter lüsterner Männer verlassen würde. Bald tanzen die Puppen wieder für sie und ihre alten Geschäftspartner!

Martina ahnte und verstand genug, um zu durchschauen, dass sich gerade hier und jetzt entscheiden würde, was aus ihrer Familie, dem Umfeld ihres Bruders Jupp und offensichtlich der dunkleren Seite ihrer Heimat werden würde. Jupp und Elli Stenzels Family-Business oder die Rückkehr des alten Unterwelt-Clans zwischen Rheinhausen und Herne? Die Frage war leicht zu beantworten. Ihr Bruder war ein schmieriger und merkwürdiger Typ, und seine Frau ein schräger Vogel. Doch nichts war für Martina so abstoßend wie diese menschenverachtenden Leithammel des alten und kaputten Rotlichtmilieus zwischen Flensburg und Rosenheim. Zu viele gebrochene Existenzen hatte sie in Hamburg untergehen sehen müssen, von Menschen wie Schwester Silvia getrieben bis zum bitteren Ende.

Unauffällig beschleunigte Martina ihren Wagen. Schwester Silvia beobachtete Martina mit fest umklammerter Pistole, doch ihre Gedanken waren weit weg. Sie bemerkte nicht recht, dass das Tempo inzwischen durchaus sportlich war, die kerzengerade Strecke der A42 sorgte für wenig Wackelei oder weitere übertrieben laute Geräusche im Fahrzeuginneren, die Gedanken sind frei ...

„Ich kenne das Gefühl gut", sagte Martina plötzlich, und Schwester Silvia zuckte leicht zusammen, als sie von ihrem Tagtraum erwachte.

„Was meinst du?", fragte sie scharf und schaute Martina misstrauisch an.

„Ich kenne das Gefühl gut", wiederholte Martina, „ich habe oft Koffer
voller Geldscheine auf der Polizeistation gehabt, manchmal auch nur
einfache Jutebeutel vom Supermarkt, oder sogar löchrige Plastiktü-
ten. Ein Dutzend Geldbündel nach dem anderen: Dollarnoten, Euro-
scheine ... Ein Spinner hatte sogar einmal uralte holländische Gulden
in einen Koffer gepackt und wollte damit seinen Geschäftspartner
reinlegen, das hat er aber nicht überlebt."
Schwester Silvias Gesicht verfinsterte sich: „Nun pass mal auf, junge
Dame, mir ist völlig egal, weshalb du dich mit haufenweise Geld aus-
kennst, von mir aus kannst du zur Barbie des Monats gewählt werden. Hauptsache, du passt schön auf die Autobahn auf und bringst
mich zur verdammten Klinik, damit wir den Anwalt endlich ausknip-
sen und dem Chef die DVDs in die Hand drücken können, ist das
klar?"
Martina nickte zufrieden. „Alles klar, wir haben es ja auch fast geschafft, da vorne ist schon die Abfahrt Gelsenkirchen Bismarck. Mein
Gott, die ist aber wirklich wieder schön aufgeräumt worden, nachdem mein Bruder Jupp hier letztens alles umgehauen hat. Irgendwann müssen die auch mal den Verkehr hier besser regeln, damit der
Rückstau aufhört, das ist ja immer mordsgefährlich hier."
Schwester Silvia bemerkte mit panischem Schrecken die vielen roten
Rücklichter aus ihrem rechten Augenwinkel, sie blickte instinktiv von
Martina weg auf die Autobahn vor ihr und begriff reichlich spät, dass
sie soeben mit voller Geschwindigkeit in einen Stau hineinfahren
würden. Neben ihr ließ Martina es klicken, und ihr Anschnallgurt
verließ die Halterung.
„Ob ich das hier überlebe, weiß ich nicht, aber du Miststück bist auf
jeden Fall platt, viele Grüße an Charly Neumann!"

Martina spürte noch, wie ihr Wagen durch den Aufprall auf einen Kleintransporter wie eine Billardkugel über die Autobahn geschleudert wurde. Sie sah Schwester Silvias Körper durch die geborstene Windschutzscheibe fliegen, Scherben und Gegenstände gruben sich in ihr Gesicht. ‚Dieses Gefühl hat Jupp wohl nicht erleben müssen, er war ja ohnmächtig', dachte sie, während sie die gesamte Szenerie wie in Zeitlupe beobachtete. ‚Wenn ich das hier überlebe, dann heirate ich diesen Schmitt-Vossen. Und wenn der Pfarrer mich am Traualtar bittet, JA zu sagen, dann werde ich ihm erst einmal sagen, dass ich eine gute und eine schlechte Nachricht habe ...'
Während über Martinas Gesicht ein breites Grinsen huschte, krachte ihr Wagen in einen Reisebus und begrub sich tief in die Kofferstaufläche.
Jupp Stenzel und seine Familie hatten gewonnen. Bis auf weiteres.

Epilog (Manuela Klumpjan)

Nach 9 Monaten war es endlich soweit! Martina durfte die Klinik verlassen, auf eigenen Beinen! Es war eine harte Zeit hier gewesen, im Bergmannsheil in Bochum. Direkt nach dem Unfall hatte man sie hierher geflogen. Noch heute ärgerte sie sich, dass sie von dem Hubschrauberflug über das Ruhrgebiet nichts mitbekommen hatte. 17 Brüche und diverse Quetschungen hatte ihr der Aufprall gebracht! Es folgten unzählige Operationen, psychologische Gespräche und wirklich harte Stunden in der Sportabteilung. Sollte es wirklich wahr sein? Durfte sie nun endlich nach Hause?

Da ging die Tür auf und Jupp und Elli standen lachend mit Blumen in der Hand vor ihr.

„Los, Schwesterchen, schwing die Krücken und nix wie raus hier. Jetzt ist wieder Leben angesagt!

Martina fing an zu singen: „Komm, lass uns leben, das Leben ist gar nicht so schwer …" Dieses Lied von Westernhagen würde ihr für immer die Tränen in die Augen treiben, eine Erinnerung an die vielen Trainingsstunden, die sie hier abgeleistet hatte. Pfleger Jörg hatte es an einem Tag, als mal alles ganz fürchterlich war, in der Physiotherapie auf ganz laut gedreht. Alle, Patienten und Personal, hatten aus voller Seele mitgesungen, geweint und gelacht. Denn jeder hier hatte sein Päckchen zu tragen, oder eher noch ein Megapaket! Ein unbeschreiblicher Augenblick, bevor es wieder hieß: „Augen auf! Weitermachen! Und Lächeln und Atmen nicht vergessen!" Das Motto, was sich in Maris Herz gebrannt hatte …

Jupp fiel in den schrägen Gesang ein. Doch Elli traf den Nagel auf den Kopf, sie sang eine andere Strophe: „Komm, lass uns lieben, zu lieben ist gar nicht so schwer …"

Und das war das Stichwort! Martina wollte nach Hause, zu ihrer neuen Liebe! Dort wurde sie erwartet …

Die Fahrt wurde dank der vielen Staus und Baustellen auf der A40 unendlich lang. Fast eineinhalb Stunden brauchte das Trio quer durchs Ruhrgebiet. Jede Bodenwelle eine Qual für Martina.

Aber all das war vergessen, als Vossi die Tür aufriss und seiner Martina entgegengerannt kam. Ja, der knochige Anwalt Schmitt-Vossen war gar nicht mehr so steif. Liebe beflügelt halt und verjüngt eindeutig, wie hier zu sehen war.

„Tinchen, mein Herz, da bist du ja endlich. Ich konnte es kaum erwarten."

Jupp und Elli sahen sich schmunzelnd an. Dieser Unfall hatte nicht nur die Familie zusammengeschweißt, sondern auch Schmitt-Vossen neu dazugebracht. Daher fiel es den beiden leicht, sich dezent umzudrehen, als Martina und Vossi die Welt um sich herum vergaßen und sich innig küssten. Ein ungleiches Paar, was die harten Zeiten zusammengeschweißt hatte. Martina hatte im Krankenhaus auch schnell gemerkt, dass ihre Schwärmerei zu Natascha doch wohl nur aus der dramatischen Situation entstanden war. Sie hatte wohl Zuwendung damals mit Zuneigung verwechselt. Natascha und sie scherzten heute oft darüber und nannten sich dann liebevoll „Schätzelken", sehr zur Verunsicherung der Menschen in ihrer Umgebung.

Drinnen wartete auch schon Papa Francesco auf seine Familienmitglieder. Stolz präsentierte er das neue Büro für Mari. Sie würde nämlich zukünftig als 2. Hand von Vossi agieren und nicht nur den Schreibkram erledigen.

Dass sie zukünftig nicht mehr als Polizistin arbeiten konnte – die Verletzungen waren für kraftraubenden Polizei-Einsätze einfach zu schwerwiegend gewesen – tat hier eigentlich keinem so richtig leid. Selbst Mari nicht. Denn sie freute sich auf jede Minute, die sie ganz nah bei ihrem Vossi sein würde. Und auch Francesco hatte versprochen, ihr im Alltag nun häufiger zu helfen und nicht gegen den Anwalt zu hetzen.

Jupps Papa und Schmitt-Vossen waren inzwischen so etwas wie schlechte Freunde, eine Art Zweckgemeinschaft, familiär gut, beruflich mussten sich die unterschiedlichen Charaktere erst noch angleichen. Aber das würde werden. Denn nichts geht schließlich über La Famiglia. Und der Anwalt hatte ja schließlich in den letzten Monaten bewiesen, wie gut er war, vermeintliche Tatsachen ins rechte Licht zu rücken. Beinahe alles hatte er von den Familienmitgliedern abgewendet und die ganze Schuld auf diese merkwürdige, zum Glück tote Schwester Silvia geschoben, von ein paar kleineren Geldstrafen mal abgesehen.

Vor Gericht waren sich auch Jupp und Elli wieder nähergekommen. Die Liebe siegte halt doch. Elli hat ihre Machenschaften reduziert, ganz will sie ihren Ruhrpott-Kiez ja doch nicht verlassen. Jupp hat jedoch Mitspracherecht und ist bei dem Personal auch recht beliebt. Denn er hat es sich zur Tradition gemacht, an jedem Donnerstag mittags eine Portion Currywurst-Pommes-Schranke für alle zu spendieren. Ein netter Plausch, der Chefs und Angestellte wöchentlich zusammenbringt und der Pommesbude gute Einnahmen bringt. In so

gelöster Runde lassen sich Problemchen und Probleme einfach besser ansprechen und lösen.
Manchmal kam auch Natascha dazu, wenn sie es irgendwie einrich-
ten konnte, doch meist war sie einfach zu beschäftigt – mit was auch
immer.

War das jetzt eine gute oder eine schlechte Nachricht?
Und was machte das Dokterchen denn wohl?

Nicht alle Geheimnisse wurden gelüftet. Das war auch gut so. Denn
La Famiglia, diese verrückte Ruhrpott-Familie, lebte strenger denn je
nach dem Motto: „Eh hömma, du kannst allet essen, musst aber noch
lange nicht allet wissen!

Ein Motto, das ihnen noch viele spannende Ruhrpott-Abenteuer be-
scheren sollte …

Über die Autoren:

Ja, was soll ich über diese Autoren nur sagen? Genau sie sind es, die aus dem Edition Paashaas Verlag die EPV-Familie gemacht haben! Ein chaotischer Haufen von ganz unterschiedlichen Autoren. Jeder für sich einzigartig und ein wenig verrückt. Oft auch egozentrisch und ein wenig arrogant, aber immer da, wenn ich sie brauche – oder sie mich! Es gibt sehr viel Freude und auch mal Streit. Wir sind eben die echte „La Famiglia EPV", nicht alle aus dem Ruhrgebiet, aber durch den Verlag doch ein wenig dort verbunden.
Wen wundert es da, dass genau dieser Roman so entstanden ist? Ein Familienroman voller Abgründe, Hinterhältigkeit und Liebe. So ist es eben, das Leben hier im Ruhrgebiet.

Ja, okay, ist ja schon gut, hier kommen die einzelnen Autorenbeschreibungen, alphabetisch sortiert, ganz ohne Wertung, aber mit mega Respekt für meine „Kinderchen".

Danke, ihr seid alle einfach toll!
Eure Autorenmutti oder auch der Verlagsdrache – ganz wie ihr wollt!

Albrecht, Lars: geboren 1989, wohnt in Gladbeck und ist seit 2012 Autor. Seitdem schreibt er Fantasy und satirische Kurzgeschichten. Wenn er nicht gerade Mathematik und Physik studiert, beschäftigt er sich mit Skatspielen und der Kampfsportart Wing Chun. Außerdem ist er aktiv im Kulturförderverein Leuchtfeder e.V. tätig. (www.leuchtfeder.de) und seit 2015 auch als Veranstalter erfolgreich. Wer mal seine Texte oder Lieder vor Publikum testen will und wem der Weg bis nach Gladbeck nicht zu weit ist, kann sich gerne bei ihm melden. Weitere Infos auf: http://lars-albrecht-autor.de.tl

Graber, Raymonde: wurde 1944 im schönen Großherzogtum Luxemburg geboren, wo sie ihre Jugendzeit verbrachte. Der Liebe wegen reiste sie in die Schweiz. Sie hat einen Sohn und fünf Enkelkinder. Nach so manchen Schicksalsschlägen wohnt sie nun mit ihrem Lebenspartner in der Nähe vom herrlichen Bodensee. Mehr Infos: www.facebook.com/raymy.graberschiltz

Gromberg, Mike: ist Kabarettist, Musiker, Sänger, Comedian, Autor ... und „Wirtschaftsexperte" der darstellenden Künste!
Weitere Infos gibt es hier: www.vehlingshof.de

Habets, Renate: wurde 1945 geboren und lebt derzeit in Duisburg. Alle Infos, auch zu früheren Veröffentlichungen und zu ihren Bildern, finden Sie auf: www.renatehabets.de

Kleffner, Dieter: wurde 1957 in der Stadt Essen in NRW mit einem Glaukom geboren und bereits im Säuglingsalter an beiden Augen operiert. Als Sehbehinderter absolvierte er in der Rehabilitations- und Ausbildungsstätte in Mainz das Staatsexamen zum Masseur und med. Bademeister. Nach vierzehn Augenoperationen trat die völlige Erblindung ein. Dieter Kleffner arbeitete über dreißig Jahre in der klinischen Physiotherapie. Mithilfe eines Computerprogramms für Blinde verfasst er literarische Texte, die in Anthologien, in allgemeinen Zeitungen und Hör-Magazinen der Sehbehindertenverbände veröffentlicht wurden. Dieter Kleffner betätigt sich in der Redaktion des Arbeitskreises BLAutor, einem Zusammenschluss sehbehinderter und blinder Autoren. www.blautor.de Er lebt in Hattingen, ist verheiratet und hat zwei erwachsene Kinder. Zusätzliche Informationen zu Büchern und Presseberichten gibt es unter www.dieterkleffner.de

Klipstein, Undine: wurde 1961 in Hattingen geboren und ist seitdem ihrer Heimatstadt treu geblieben. Sie ist Mutter von drei erwachsenen Kindern. In ihrer Arbeit als Erzieherin sind Kreativität und Ideenreichtum gefragt, um Kindern Themen interessant zu vermitteln. Geschichten vorlesen, frei erzählen und auch selbst erfinden, gehört zu ihrem Erzieheralltag. Auch mit ihren eigenen Kindern erfand sie immer neue kleine Geschichten. In Schreibwerkstätten näherte sie sich dem Schreiben von Kurzgeschichten für Erwachsene und begann mit ihrem ersten Roman. Ihre Liebe zur Nordsee, insbesondere zur Insel Texel, ist in ihren Büchern zu spüren. https://undine-klipstein.jimdo.com

Klumpjan, Manuela: das bin ich, die Autorenmutti oder der Verlagsdrache, alle Infos auf www.verlag-epv.de

Krasicki, Sly: wurde 1968 im schönen Ruhrgebiet geboren, ist verheiratet und Mutter einer süßen Tochter. Sie ist Diplom-Betriebswirtin

(VWA) und Friseurmeisterin. Ein Hund, fünf Katzen und ca. 40 Hühner finden bei ihr ein Zuhause.

Ihre Interessen sind sehr vielfältig. Daher schreibt sie über die verschiedensten Themen: Sach- und Kinderbücher sowie amüsante Frauenromane. Außerdem malt sie leidenschaftlich gerne in Acryl und Bleistift. Ihr Lebensmotto: Man muss an sich selber glauben. www.slykrasicki.de

Lahayne, Olaf: geboren und aufgewachsen in Niedersachsen, lebt der Autor seit 1997 in Wien, wo er als Wissenschaftler tätig ist. Seit 2008 veröffentlichte er ca. 40 Kurzgeschichten. Der Autor bedient jedes Genre, wobei eine Tendenz zu humorvollen bis bissig-satirischen Themen festzustellen ist.

Louisoder, Gigi: wurde in Tegernsee geboren und ist in München aufgewachsen. Ihr Abitur absolvierte sie im Internat Schule Schloss Salem. Es folgte eine Ausbildung zur Redakteurin bei Münchener Zeitungen. Sie erhielt den Bayerischen Filmförderungspreis für das Drehbuch „Volltreffer" im Jahre 1985, war Pressesprecherin eines Berliner Bauunternehmens und hat zwei erwachsene Söhne. Sie lebte mehrere Jahre in Spanien und wohnt heute als freie Autorin mit Mann und Hund in Bad Honnef. Alle weiteren Infos finden Sie auf: www.gigi-louisoder.com

Mikfeld, Ela: wurde 1953 in Bochum geboren und ist stolze Mutter zweier erwachsener Kinder. Sie wohnt derzeit in Bochum und ist Inhaberin eines Modegeschäfts in der Hattinger Altstadt, in dem sie ihr Hobby zum Beruf gemacht hat und selber Kleidung entwirft. Weitere Informationen finden Sie auch auf: www.modela-hattingen.de

Montemurri, Jacqueline: wurde 1969 geboren.
Sie studierte Luft- und Raumfahrttechnik in Aachen. Seit 2002 lebt sie mit ihrem Mann und den zwei Söhnen in Neviges. Sie war schon immer gern im kreativen Bereich aktiv. Ihre Ideen verwirklichte sie durchs Schreiben, Malen und Fotografieren. Nach dem Studienabschluss begann sie damit Kurzgeschichten zu verfassen. Inspirationen dazu fand sie auch durch ihre zahlreichen Skandinavienreisen. Aus einer dieser Geschichten entstand schließlich ihr Debüt-Roman. Alle weiteren Infos: www.jacquelinemontemurri.blogspot.de

Plitzko-Sié, Susanne: wohnt in Dormagen und arbeitet als Gesundheits- und Krankenpflegerin. Schreiben ist ihre Leidenschaft. Derzeit verfasst sie hauptsächlich Märchen für Erwachsene, Gedichte und Kurzgeschichten. Seit einigen Jahren schreibt sie in der Autorengruppe Kleeblatt. Neben Literatur spielt Musik eine große Rolle in ihrem Leben. http://susanne-sie.jimdo.com

Scholz, Peter J.: aus dem bergischen Land kommend ist seit vielen Jahren in Dormagen beheimatet. Er ist Mitglied der Autorengruppe "Kleeblatt". Im "richtigen" Leben ist er Theaterleiter eines Kinos und einer derjenigen, die ihr Hobby (Film) zum Beruf gemacht haben. Außerdem ist er seit nunmehr fast drei Jahren Verfasser von Kurzgeschichten, die sowohl im Horror-/ Fantasybereich wie auch im Drama anzusiedeln sind: persönlich "Märchen für Erwachsene" genannt. Peter J. Scholz ist Preisträger des "Literaturpreises der Stadt Moers" im Jahr 2008.

Stöger, Christina: wurde 1980 in Hamburg geboren und lebt glücklich verheiratet nun im Süden Deutschlands. Ob im Café oder beim Spa-

ziergang mit ihrem Hund – immer ist sie bereit, von Freunden erlebte Geschichten oder eigene Gedanken und Gefühle mit großer Emotion zu Papier zu bringen. Lyrik und Prosa schreibt sie mit viel Herz und Gefühl. Nach abgeschlossener Fachhochschulreife und IHK-Abschluss zur Büro-kauffrau widmet sie sich seit 2010 dem geschriebenen Wort. Damit gewährt sie durch ihre Texte und eigenen Bildern einen kleinen Einblick in ihre Welt und versucht, einen Moment der Ruhe in dieser schnelllebigen Zeit zu schaffen.
http://christinas-buchstabenmeer.blogspot.de

Völkel, Michael: (Jahrgang 1961) ist professioneller Musiker und tritt seit etlichen Jahren auch bei mittelalterlichen und anderen historischen Veranstaltungen unter dem Namen „Spielmann Michel" auf. Der studierte Sozialarbeiter aus Wanne-Eickel hat sich einen Namen gemacht mit absonderlichen Texten und Liedern aus eigener Feder, die er mal in der der Tradition der alten Spielleute und mal in der der Liedermacher der 1970er Jahre vorträgt. www.michaelvoelkel.de

Watolla, Marcus: wurde 1972 in Gladbeck geboren. Hier lebt er auch seitdem. Der gelernte Rechtsanwalts-fachangestellte schrieb schon seit frühester Kindheit Kurzgeschichten und Bücher. Seit 2005 veröffentlicht er auch. Zuerst schrieb er ernst und hintergründig, schließlich wechselte er aber in die Satiresparte und blieb dort auch. Bei seinen Auftritten begeistert er das Publikum und verbreitet allgemeinen Frohsinn. Die schrägen Protagonisten und Handlungsstränge zeigen viel Humor – manchmal auch rabenschwarzen. Mal reizen sie auch nur zum Lachen, mal sind sie einfach nur grotesk. Marcus Watolla arbeitet aktuell im Öffentlichen Dienst als Teamassistent und ist Mitglied im Verein Leuchtfeder e.V. Er sieht sich nicht als verkappter

Intellektueller, sondern beschreibt sich augenzwinkernd als Krawall-
bruder der Szene.

Zapp, Werner: ist Jahrgang 1950 und überzeugter Duisburger. Als
Großhandelskaufmann hat er viele Aufträge geschrieben und als Be-
triebswirt viel abgeschrieben. Werner Zapp ist Mitglied der Mülhei-
mer Autorengruppe „Schwarze Lettern", tummelt sich bei „Leuchtfe-
dern" in Gladbeck und „Literaria-LIGG" in Gelsenkirchen. Seit Januar
2013 stellt er gemeinsam mit Raniero Spahn in der Bezirksbibliothek
Duisburg Buchholz im Rahmen der Literaturserie „Buchholzer Auto-
renplausch" unter großer Beachtung der Medien Autoren aus Duisburg und der Region vor. www.wernerzapp.de

Mein ganz besonderer Dank geht an **Claudia Kociucki**, die sich selbst nicht zugetraut hat, hier ein eigenes Kapitel zu schreiben – manchmal will das Leben nicht so wie die Autorin, dabei hatten wir sie alle ganz fest eingeplant –, dafür aber hervorragende Arbeit beim Lektorat geleistet hat. *Beim nächsten EPV-Roman bist du dabei!!!*

Und natürlich an unseren Mike, der für diesen ganzen Schlamassel hier verantwortlich ist. Hättest du gedacht, dass aus deinem dummen Spruch mal so ein geiles Buch wird???
Das hast du nun davon! ☺

Mehr zu lesen gibt es auf www.verlag-epv.de,
falls irgendwer noch immer nicht genug von uns haben sollte …